L'OMBRE AU TABLEAU

DU MÊME AUTEUR

La Dame en noir, L'Archipel, 2012 ; Pocket, 2015.
La Main de la nuit, L'Archipel, 2014 ; Archipoche, 2015.

SUSAN HILL

L'OMBRE AU TABLEAU

traduit de l'anglais
par Nicolas Porret-Blanc

l'Archipel

Ce livre a été publié sous le titre
The Man in the Picture
par Profile Books Ltd., Londres, 2007.

Notre catalogue est consultable à l'adresse suivante :
www.editionsarchipel.com

Éditions de l'Archipel
34, rue des Bourdonnais
75001 Paris

ISBN 978-2-8098-1761-4

Cette histoire m'a été rapportée par mon ancien tuteur de Cambridge, Theo Parmitter, par une soirée glaciale de janvier que nous avions passée au coin du feu dans son logement universitaire. C'était du temps où l'on avait encore de vraies cheminées que les domestiques alimentaient au moyen d'énormes seaux de charbon. J'avais fait le voyage depuis Londres pour rendre visite à mon vieil ami, maintenant octogénaire, qui avait toujours bon pied bon œil malgré cette arthrite aiguë qui le cloîtrait quasiment chez lui. L'université le choyait. Il faisait partie d'une espèce en voie d'extinction, celle du vieux professeur de Cambridge pour qui le Collège était sa seule famille. Voilà plus de cinquante ans qu'il vivait dans ce meublé propret, et il entendait y rester jusqu'à son dernier souffle. En attendant, nous étions nombreux parmi ses anciens étudiants à mettre un point d'honneur à lui rendre visite régulièrement pour lui donner des nouvelles du monde extérieur. Car ce monde, il l'aimait. Il adorait apprendre qui avait obtenu tel poste, s'informer des succès des uns et des autres, savoir qui était pressenti pour telle ou telle fonction prestigieuse ou au contraire impliqué dans quelque scandale.

J'avais fait de mon mieux pour lui être d'une agréable compagnie une grande partie de l'après-midi ainsi que pendant le dîner, qui nous avait été servi dans ses appartements privés. Il était prévu que j'y passe la nuit. Je rendrais ensuite visite à une ou deux autres connaissances puis retournerais rapidement sur mes lieux fétiches du campus avant de repartir le lendemain pour Londres.

Mais n'allez pas imaginer qu'il s'agissait là d'une visite de courtoisie à un vieil homme dont il ne fallait rien espérer en retour. Bien au contraire. L'esprit vif et caustique, source inépuisable d'anecdotes qui n'étaient pas les simples divagations d'un vieillard, Theo était d'une compagnie extraordinaire et il excellait dans l'art de la conversation : tout le monde se battait, même les plus jeunes professeurs, pour être placé à ses côtés lors des dîners au Collège.

C'était la dernière semaine des vacances et le campus était calme. Après avoir bu une bonne bouteille de bordeaux, nous nous étions confortablement installés dans nos fauteuils près du feu. Un vent d'hiver en provenance des Fens soufflait en rafales et la grêle venait parfois cingler les vitres.

Notre discussion s'essoufflait quelque peu depuis une heure environ. J'avais épuisé mes réserves de nouvelles, nous avions refait le monde et notre conversation s'émoussait. Goûtant la douce quiétude qui baignait la pièce à la faveur des deux lampes, j'avais pensé que Theo s'était assoupi.

C'est alors qu'il me demanda :

— Que diriez-vous d'entendre une étrange histoire ?

— Avec plaisir.

— Une histoire étrange autant que troublante.

Je le vis remuer dans son fauteuil. Il avait beau ne jamais s'en plaindre, je soupçonnais son arthrite de lui causer des douleurs intolérables.

— Une histoire parfaite pour une soirée comme celle-ci, reprit-il.

Je me tournai vers lui. Pris dans les rais de lumière du feu de cheminée, son visage affichait un tel sérieux – à la limite du morbide – que j'en fus saisi d'effroi.

— Croyez-moi si vous le voulez, Oliver, me dit-il sur un ton calme, mais je vous assure que cette histoire est véridique. (Il se pencha vers moi.) Avant que je commence, auriez-vous la bonté d'aller nous chercher le flacon de whisky ?

Tandis que je me levais pour rejoindre la desserte à liqueurs, Theo poursuivit :

— Cette histoire concerne le tableau qui se trouve à votre gauche. Est-ce que vous vous en souvenez ?

Il pointait du doigt une étroite portion de mur située entre deux étagères de livres, plongée dans l'obscurité. Theo avait depuis longtemps acquis une réputation de collectionneur d'art avisé, possédant quelques pièces de valeur – dessins de maîtres et aquarelles du XVIIIe siècle – toutes acquises dans sa jeunesse, m'avait-il un jour confié, pour des sommes modiques. Je ne connaissais pas grand-chose à la peinture et ne partageais pas vraiment ses goûts. Je me dirigeai néanmoins vers le tableau qu'il m'indiquait.

— Allumez la lampe qui se trouve à côté.

Bien qu'il se fût agi d'une peinture à l'huile plutôt sombre, j'en distinguais maintenant assez bien les détails. C'était une scène de carnaval à Venise. Sur un quai du Grand Canal et sur la place adjacente, une foule épaisse arborant masques et capes se mêlait aux amuseurs publics – jongleurs, acrobates et musiciens –, tandis qu'une nuée de plus en plus nombreuse embarquait sur les gondoles. D'autres embarcations étaient déjà à flot, collées les unes aux autres, obligeant les gondoliers à faire s'entrechoquer leurs perches. Le tableau rappelait ces scènes que des torches éclairent d'une lueur mystérieuse, illuminant les visages, quelques pans de vêtements aux teintes vives, ainsi que les ondulations argentées de la surface de l'eau, tout en laissant d'autres parties de la composition dans l'obscurité la plus totale. J'y décelais certes quelques artifices, mais l'œuvre témoignait tout de même d'un talent confirmé – tout du moins à mes yeux de profane.

J'éteignis la lampe et le tableau fut à nouveau plongé dans le noir, tout comme ses personnages costumés plutôt sinistres.

— Je ne me rappelle pas l'avoir jamais remarqué, observai-je en me servant un whisky. Vous l'avez depuis longtemps ?

— Plus longtemps que je n'en ai le droit, répondit Theo en s'enfonçant à nouveau dans son fauteuil, de telle sorte qu'il se retrouvait lui aussi dans l'ombre. Je serais soulagé de raconter cette histoire. Je ne l'ai jamais fait jusqu'ici et elle m'est devenue un fardeau. Verriez-vous un inconvénient à partager cette charge avec moi ?

Je ne l'avais jamais entendu me parler avec un tel sérieux et n'hésitai pas une seule seconde avant de lui dire que j'étais prêt à accéder à la moindre de ses requêtes. J'étais cependant loin de m'imaginer ce qu'allait me coûter, selon ses propres mots, le fait de « partager cette charge avec lui ».

1

Mon histoire prend réellement sa source dans mon enfance, il y a près de soixante-dix ans. Fils unique, j'ai perdu ma mère quand j'avais trois ans, et je n'en garde aucun souvenir. De nos jours, mon père aurait probablement su se débrouiller pour m'élever seul – du moins jusqu'à ce qu'il rencontre sa deuxième femme. Mais c'était alors une tout autre époque et, bien qu'il eût pour moi une grande affection, il n'avait pas la moindre idée de la façon dont on devait s'occuper d'un enfant à peine sorti de ses couches. Ce qui explique que plusieurs nourrices et nurses aient été successivement embauchées. Jamais je n'eus à subir de leur part la moindre maltraitance ou méchanceté. De nature douce et bien intentionnées, elles furent toutes sans exception très efficaces et, bien que je ne garde d'elles que très peu de souvenirs, je conserve à leur endroit une grande tendresse, ainsi que pour la manière qu'elles eurent de me choyer durant ma prime enfance.

Ma mère ayant une sœur mariée au riche propriétaire d'importants domaines dans le Devon, je passai dès l'âge de sept ou huit ans nombre de vacances idylliques en leur compagnie. J'avais la permission d'aller et venir en toute liberté, profitant de la compagnie des gamins du village – si mes oncle et tante n'avaient pas eu d'enfants ensemble, mon oncle avait un fils issu d'un premier mariage, aujourd'hui adulte, et sa première épouse était morte en couches. Je passais ainsi mes journées à côtoyer métayers, villageois, laboureurs, forgerons, palefreniers, jardiniers et autres terrassiers, en compagnie desquels j'acquis une robuste santé au grand air. Mais, quand je n'étais pas dehors à explorer la campagne, une tout autre éducation m'attendait à la maison. Mon oncle et ma tante, dotés d'une grande culture nourrie de lectures nombreuses et variées, possédaient une superbe bibliothèque. Y jouissant de la même liberté que celle qui m'était accordée dans le reste du domaine, je suivis leur exemple et dévorais livre sur livre.

Ma tante connaissait également très bien la peinture. Grande amatrice des aquarelles anglaises, elle avait aussi le goût des maîtres anciens et, bien qu'elle n'eût pas les moyens de s'offrir les tableaux de maîtres, elle avait acquis une honnête collection d'artistes mineurs. Son époux se faisait un plaisir de financer sa marotte et, notant mon intérêt précoce pour certains tableaux présents dans leur demeure, tante Mary saisit immédiatement la chance qui lui était donnée de transmettre sa passion. Elle me parlait de ses tableaux et m'encourageait à lire des monographies d'artistes, si bien que je ne tardais pas à comprendre le plaisir qu'elle y trouvait. J'eus d'ailleurs bientôt mes propres favoris. J'aimais beaucoup certaines des grandes marines, mais aussi les aquarelles de l'école de l'East Anglia, avec leurs ciels magnifiques flottant sur des terres marécageuses. Je pense que mon goût pour les arts était étroitement lié à mon amour pour le grand air. Je n'étais guère porté sur les portraits ou les natures mortes – pas plus que tante Mary d'ailleurs, qui n'en possédait pas beaucoup. Les intérieurs et les églises me laissaient indifférent et j'étais encore trop jeune pour m'intéresser aux subtilités des représentations humaines. Elle m'incita cependant à faire preuve d'ouverture d'esprit, à développer mes propres goûts, et plutôt que d'imiter les siens m'invitait à toujours rechercher dans ce qui m'était donné à voir la surprise et la stimulation autant que le plaisir.

L'amour que j'ai pour la peinture, je le dois intégralement à tante Mary et à ces heureuses années de formation. À sa mort, intervenue au moment où j'entrais à Cambridge, elle me laissa tous les tableaux que vous pouvez voir ici, ainsi que d'autres, en partie vendus pour en acheter de nouveaux – conformément à ce qu'elle aurait souhaité que je fasse. Dénuée de tout sentimentalisme, elle voulait que je maintienne ma collection vivante et que je connaisse le plaisir qu'il y a à acquérir du neuf quand on se lasse du vieux.

Bref, en l'espace d'une vingtaine d'années, je fis mes armes de marchand d'art en fréquentant assidûment les salles des ventes et, me prenant vite au jeu, me constituais un capital sans commune mesure avec mon modeste salaire d'universitaire. Entre deux incursions dans le monde de l'art, je continuais bien sûr à gravir lentement les échelons de ma carrière universitaire et finis par obtenir ma chaire au sein de ce Collège avant d'écrire les livres que vous savez. Les décès de mes oncle et tante ayant mis un terme à mes séjours dans le Devon, j'eus tôt fait de découvrir les charmes de la randonnée afin de garder un lien avec ce mode de vie rustique que j'affectionnais tant.

Voilà pour les grandes lignes de mon parcours. Vous en connaissez maintenant un peu plus sur mon amour de la peinture. Mais vous ne pourriez pas imaginer ce qui se produisit par la suite, et peut-être refuserez-vous même de croire à mon histoire. Je ne peux donc que vous répéter ce que je vous ai dit en préambule, à savoir que tout ce que je vais vous raconter est l'absolue vérité.

2

C'était une magnifique journée au début des vacances de Pâques. J'étais venu à Londres pour deux semaines afin de profiter de la bibliothèque du British Museum et de régler quelques ventes de tableaux. Il y avait des enchères ce jour-là, avec présentation des lots le matin, et j'avais repéré dans le catalogue deux dessins de maîtres anciens et une œuvre majeure que je tenais à voir. Je supposais que le tableau serait adjugé à un prix bien supérieur à ce que je pouvais me permettre, mais j'avais bon espoir concernant un dessin. Aussi fut-ce le cœur léger que je quittai Bloomsbury pour me diriger vers le quartier de St James, profitant d'un beau soleil printanier. Se détachant sur les façades de stuc blanc des immeubles datant du XVIIIe siècle, les magnolias et cerisiers en fleurs égayaient l'âme. Non que la mienne en eût particulièrement besoin. J'étais dans ma jeunesse d'un naturel joyeux et optimiste

– j'ai la chance, il est vrai, d'avoir en général un tempérament plutôt enjoué et serein – et je goûtais au plaisir de ma promenade, savourant à l'avance la présentation des lots et la vente. Le ciel était sans nuages – réels ou métaphoriques.

Le tableau ne fut finalement pas à la hauteur de mes attentes et je sus que je n'enchérirais pas sur ce lot. Mais j'étais déterminé à acquérir au moins l'un des deux dessins, et je remarquai également deux aquarelles que j'imaginais pouvoir revendre. Leur facture n'étant pas susceptible d'intéresser les marchands présents ce jour-là, je ne pensais pas qu'elles atteindraient des enchères élevées. Après les avoir cochées dans le catalogue, je continuai ma visite.

Et là, légèrement dissimulée par deux sujets religieux au style assez écrasant, la scène de carnaval vénitien attira mon attention. En mauvais état, elle avait grand besoin d'être nettoyée et plusieurs entailles étaient visibles sur le cadre. Ce n'était certes pas le type de peinture que j'appréciais habituellement, mais elle possédait quelque chose d'étrange, voire d'hypnotique, et je me surpris à la contempler un long moment avant de revenir plusieurs fois vers elle. J'avais l'impression d'être happé par la toile, d'appartenir à cette scène nocturne éclairée par les torches et les lanternes, d'en devenir un des personnages masqués embarquant sur une gondole, prêt à partir voguer au clair de lune sur le canal avant de disparaître dans l'obscurité sous un pont séculaire. Je restai ainsi posté devant la toile de longues minutes. Je scrutais les *palazzi* dans leurs moindres détails, notant que les persiennes s'ouvraient çà et là sur une pièce obscure, faiblement éclairée par un chandelier ou une lampe à huile qui révélait parfois une silhouette à peine perceptible dans l'ombre du tableau. Parmi les personnages de la fête, nombreux étaient les faciès de type vénitien classique, au nez proéminent. Leurs traits rappelaient tous ces anges, Rois mages, saints ou papes que l'on pouvait voir sur les toiles majestueuses dont regorgeaient les églises de Venise. D'autres provenaient à l'évidence de contrées plus lointaines, comme ces Éthiopiens ou Arabes que l'on apercevait ici ou là. Voilà bien longtemps que je n'avais pas été ainsi fasciné par un tableau.

La vente commençant à 14 heures, je sortis me restaurer à l'extérieur pour profiter du soleil printanier avant de regagner la salle des enchères. Installé au comptoir d'un pub sombre et peu fréquenté, je demeurai hanté par cette scène vénitienne. Il ne faisait plus de doute que je devais me procurer ce tableau. J'eus bien du mal à apprécier mon déjeuner, soudain inquiet à l'idée que quelque événement impromptu ne m'empêchât d'être de retour à temps à la salle des ventes pour pouvoir enchérir. Aussi fus-je l'un des premiers sur place. Pour une raison inexpliquée, il me prit l'envie de rester au fond de la salle, loin de l'estrade, et je me postai près de l'entrée tandis qu'affluaient les acheteurs. Plusieurs toiles de premier plan étant aujourd'hui au catalogue, je notai la présence de quelques collectionneurs de renom. Aucun d'eux ne me connaissait.

Le tableau pour lequel je m'étais déplacé partit à un prix supérieur à ce que j'avais escompté, et les dessins s'envolèrent vite bien au-delà de mes moyens. Mais je fus à deux doigts d'obtenir le lot suivant, une belle aquarelle de Cotman. Après avoir remporté un petit ensemble de marines de bonne facture, je laissai passer une longue série de scènes de chasse plus ennuyeuses les unes que les autres : on y voyait de gros messieurs sur leurs montures, des chasseurs, des chevaux à la queue taillée qui leur donnait un drôle d'air déséquilibré, ou encore des chevaux menés à la longe par des palefreniers à la mine abattue. Une nuée de mains tendues se levaient au fur et à mesure qu'était présenté chacun de ces lots. La vente commençant à s'essouffler, j'allais piquer du nez quand arriva la scène de carnaval vénitien, d'aspect sombre et guère engageant maintenant qu'elle était exposée en pleine lumière. Il y eut quelques enchères un peu molles, puis plus rien. Je levai la main, sans que personne surenchérît. À l'instant même où tombait le coup de marteau se fit entendre derrière moi une légère agitation, suivie d'une voix. Surpris, je me retournai, consterné d'avoir un adversaire de dernière minute, mais le commissaire-priseur considéra que son coup de marteau avait bel et bien entériné mon enchère et nous en restâmes là. Je remportai le tableau pour une somme dérisoire.

J'avais les mains moites et le cœur battant. Jamais je n'ai depuis désiré acquérir quelque chose avec une telle ardeur, quasi désespérée. Une étrange émotion m'envahit où se mêlaient le soulagement et un autre sentiment que je ne parvenais pas à identifier. Pourquoi désirais-je à ce point ce tableau ? Comment expliquer cette fascination qu'il exerçait sur moi ?

Je sortais de la salle des ventes pour aller régler mes acquisitions à la caisse quand je sentis une tape sur mon épaule. Je me retournai et avisai un homme corpulent, en sueur, qui portait un grand porte-documents en cuir.

— Monsieur… ? s'enquit-il.

J'hésitai un instant.

— Je dois impérativement vous parler.

— Pardonnez-moi, protestai-je, je souhaite me rendre à la caisse avant que ne se forme la file d'attente habituelle.

— Non, je vous en prie, n'y allez pas.

— Je vous demande pardon ?

— Vous devez d'abord écouter ce que j'ai à vous dire. Y a-t-il un endroit où nous puissions converser sans être entendus ?

Il parcourut la pièce du regard, semblant s'attendre à ce que nous soyons soudain encerclés par une nuée d'indiscrets. Un certain malaise s'installa en moi. Ne sachant pas à qui j'avais affaire, je n'avais aucune envie de m'isoler avec cet individu.

— Quoi que vous ayez à me dire, il est certain que je peux l'entendre ici. Tout le monde étant occupé par ses petites affaires, pourquoi s'intéresserait-on à nous ?

J'avais envie de finaliser mes achats, d'en organiser la livraison à mon domicile, et de quitter les lieux.

— Monsieur…

Il s'interrompit à nouveau.

— Parmitter, répondis-je sèchement.

— Merci. Mon nom ne vous dira rien – j'agis au nom d'une cliente. J'aurais dû arriver plus tôt, mais un accident sur la route m'a obligé à m'attarder pour répondre aux questions de la police, d'où mon retard. Je… (Il sortit un gros mouchoir pour s'éponger le front et la lèvre supérieure, mais les gouttes de transpiration perlèrent vite à nouveau.) Je suis mandaté pour acheter un tableau. Il est absolument vital que je reparte avec.

— Mais vous êtes arrivé trop tard. C'est certes regrettable mais ce n'est en aucun cas votre faute ; votre cliente ne peut raisonnablement pas vous faire le reproche d'avoir assisté à un accident de la route.

Il avait l'air de plus en plus mal à l'aise et transpirait toujours plus abondamment. Je fis mine de prendre congé mais il me saisit violemment par le bras.

— La dernière toile, reprit-il en me soufflant son haleine fétide à la figure, la scène de carnaval de Venise. Vous l'avez remportée et je dois absolument l'avoir. Votre prix sera le mien. Vous ne serez pas perdant et ferez un bon bénéfice. C'est dans votre intérêt après tout ; vous l'auriez de toute façon revendue plus tard. Alors, quel est votre prix ?

Je dégageai brusquement mon bras.

— Aucun. La toile n'est pas à vendre.

— Ne soyez pas stupide ; ma cliente est riche ; libre à vous d'en fixer le prix. Vous ne comprenez pas ? *Il faut impérativement que j'aie cette toile.*

J'en avais assez entendu. Faisant fi des convenances, je tournai les talons et m'éloignai de lui.

Mais il réapparut aussitôt, collant à mon ombre. Il ne me quittait plus d'une semelle.

— Vous devez absolument me vendre cette toile.

— Si vous ne me laissez pas tranquille, je me verrai contraint d'appeler les vigiles.

— Ma cliente m'a donné des instructions… Il m'a fallu des années pour retrouver la trace de ce tableau. Il est hors de question que je reparte sans. Vous comprenez ?

Nous étions arrivés à la caisse centrale, devant laquelle s'était maintenant formée une interminable file d'acheteurs venus régler.

— Une bonne fois pour toutes, lui soufflai-je sur un ton menaçant, laissez-moi tranquille. Je vous l'ai déjà dit : je veux ce tableau et j'ai l'intention de le garder.

Il recula d'un pas et je crus un instant que nous en resterions là. Mais il se pencha vers moi et me dit :

— Vous le regretterez. Je préfère vous prévenir : un jour vous ne voudrez plus de ce tableau. (Ses yeux étaient exorbités et la sueur ruisselait sur son visage.) Est-ce que vous me comprenez ? Vous devez me vendre ce tableau. C'est dans votre intérêt.

Je faillis lui rire au nez mais je me contentai de secouer la tête avant de me détourner, fixant le tissu gris de la veste portée par l'homme posté devant moi comme s'il se fût agi là de l'objet le plus fascinant du monde.

Je n'osai pas me retourner. Quand je m'éloignai du guichet une fois mes achats réglés – scène vénitienne incluse –, l'homme avait disparu.

Soulagé, je chassai l'incident de mon esprit et sortis parcourir les rues de St James pour profiter du soleil.

Ce n'est que plus tard ce soir-là, en me mettant au travail à mon bureau, qu'un frisson me parcourut soudain l'échine. Même si je n'avais en rien été impressionné par l'individu de la salle des ventes – il avait manifestement inventé cette histoire autour du tableau pour me convaincre de le lui céder –, je ressentais tout de même une gêne.

Tout ce que j'avais acheté aux enchères me fut livré le lendemain, et je m'empressai de traverser Londres pour déposer la scène vénitienne chez un restaurateur d'art. Le tableau y serait nettoyé avec soin, et le cadre soit restauré, soit remplacé. J'apportai également une des autres toiles afin d'y faire réparer une éraflure. Les restaurateurs travaillant lentement – comme il se doit –, je ne revis les tableaux que plusieurs semaines plus tard, alors que j'étais déjà rentré à Cambridge pour poursuivre le troisième trimestre universitaire qui battait son plein.

Je pris toutes les toiles avec moi. Occupant rarement mon pied-à-terre londonien, je n'y laissais aucun objet de valeur. Si je réussis aisément à disposer mes autres achats, la scène vénitienne quant à elle ne semblait nulle part à sa place. Jamais je n'avais eu autant de difficulté à accrocher une toile. Une chose était sûre en revanche. Je ne souhaitais pas l'avoir dans la pièce où je dormais, et je pris soin de ne pas l'emporter dans ma chambre. Je n'étais pourtant pas d'un naturel superstitieux, et n'avais jusque-là été sujet à des cauchemars qu'en cas de poussée de fièvre. Toujours est-il que, de guerre lasse, je finis par laisser la toile telle quelle posée sur une étagère de la bibliothèque. Je ne pouvais m'empêcher de la regarder. À chaque fois que je retournais à mon logement universitaire, je me sentais attiré à elle. Je passai plus de temps à la contempler – ou plutôt, à m'y immerger – que je ne le faisais avec des œuvres de bien meilleure facture. C'était comme une nécessité, qui me poussait à passer plus de temps que de raison à en scruter chaque détail, chaque visage.

Je n'entendis plus jamais parler de l'enquiquineur de la salle des ventes, et son souvenir s'effaça bientôt de mon esprit.

Une seule chose étrange se produisit autour de cette période. C'était à l'automne de la même année, au tout début du premier semestre, un soir où les premiers froids de l'automne m'avaient fait réclamer du feu dans la cheminée. Je travaillais à la lumière de ma lampe de bureau quand je levai les yeux un instant. La scène vénitienne se trouvant directement dans mon champ de vision, j'y aperçus un détail qui me poussa à l'examiner de plus près.

La restauration avait révélé de nouveaux effets de profondeur, et certains éléments apparaissaient désormais avec acuité. Je distinguais sur le quai beaucoup plus de personnages massés et, sur le canal, de nouvelles gondoles et autres embarcations chargées de joyeux drilles, masqués ou non. J'avais beau avoir passé chaque visage en revue plusieurs fois, j'en trouvais toujours de nouveaux. Des personnages apparaissaient aux fenêtres et aux balcons, et de nouvelles silhouettes se profilaient dans les recoins obscurs des *palazzi*. Mais, ce soir-là, mon attention avait été attirée par un personnage bien précis qui s'était détaché du reste. Pourtant placé au premier plan, il n'avait pas frappé ma mémoire. L'homme ne contemplait ni le lagon ni les gondoles, mais paraissait au contraire s'en détourner pour regarder hors champ. À dire vrai, il semblait me fixer, moi, dans cette même pièce. Ses habits étaient d'époque mais conventionnels, sans commune mesure avec les déguisements que portaient de nombreux membres du groupe. Et il n'était pas masqué, contrairement aux deux individus à ses côtés qui semblaient poser la main sur lui, l'un à l'épaule, l'autre au niveau du poignet gauche. On eût presque dit qu'ils tentaient de le tirer en arrière. Il avait une étrange expression sur le visage, à mi-chemin entre la surprise et l'effroi. S'il détournait les yeux, c'est qu'il semblait vouloir se détacher de la scène, et il me regardait – ou quiconque se serait trouvé devant la toile – avec un air qu'il fallait bien appeler de la supplication. Mais pourquoi ? Qu'implorait-il ? J'étais troublé de découvrir un personnage que je n'avais jusque-là jamais remarqué. Je supposai que la lampe de bureau, éclairant le tableau sous un angle particulier, avait pour la première fois révélé cette silhouette avec netteté. Quelle qu'en fût la raison, l'expression de son visage me perturbait et je ne pus me remettre au travail avec la même concentration.

Je me réveillai à plusieurs reprises durant la nuit, notamment à cause d'un rêve étrange au cours duquel l'homme du tableau se noyait dans le canal et me tendait les bras pour que je vienne le sauver. Le réalisme de ce rêve était tel que j'avais bondi hors de mon lit pour rejoindre cette pièce où j'allumai la lampe pour regarder la toile. Bien sûr, rien n'avait changé. L'homme ne se noyait pas, mais il me fixait toujours avec le même air suppliant et semblait chercher à se libérer des deux individus qui avaient les mains posées sur lui.

Puis j'étais retourné me coucher. Les choses en restèrent là pendant très longtemps, et aucun autre fait singulier ne survint. Le tableau resta posé sur l'étagère de la bibliothèque pendant des mois avant que je ne finisse par lui trouver une place, à l'endroit où vous pouvez le voir à présent.

Si je ne fis plus aucun rêve à son sujet, l'emprise que la toile exerçait sur moi ne faiblit cependant pas. Sa présence demeurait toujours aussi forte, comme si les spectres de chacun des personnages que comptait cette scène à l'étrange lumière rôdaient près de moi, à jamais prisonniers de cette pièce.

*

Plusieurs années s'écoulèrent. Le tableau ne perdit certes pas de son étrange attrait, mais la routine du quotidien reprenant ses droits, je finis par m'y habituer. Il m'arrivait pourtant souvent de m'arrêter pour le contempler, examinant avec attention les visages, les ombres, les édifices, les vaguelettes à la surface des eaux sombres du Grand Canal. Je me promis également d'aller un jour à Venise. Comme vous le savez, je n'ai jamais été un grand voyageur : j'aimais trop la campagne anglaise pour vouloir m'aventurer loin d'elle pendant les vacances universitaires. Sans compter que j'étais à l'époque très occupé ici, cumulant mes tâches d'enseignement avec des responsabilités de plus en plus nombreuses au sein du Collège tout en poursuivant mes activités de recherches et la publication de plusieurs ouvrages. Le tout en sus de mes activités de collectionneur, auxquelles j'avais malheureusement de moins en moins de temps à consacrer.

Un seul événement étrange concernant le tableau se produisit à cette période-là. J'avais reçu la visite de mon vieil ami Brammer, que je n'avais pas vu depuis des années. Nous avions donc eu beaucoup de choses à nous raconter. À un moment donné, peu après son arrivée et alors que je l'avais laissé seul un instant, son attention se porta sur le tableau. À mon retour à ses côtés, je le surpris posté devant la scène vénitienne, qu'il observait attentivement.

— Où as-tu trouvé ce tableau, Theo ?

— Dans une vente aux enchères, il y a de cela des années. Pourquoi ?

— C'est proprement stupéfiant. Si je n'avais pas… (Il secoua la tête.) Non.

Je m'approchai de lui.

— Que veux-tu dire ?

— Tu t'y connais en art. À ton avis, de quand date ce tableau ?

— Fin XVIIIe.

Il secoua à nouveau la tête.

— Alors je ne comprends pas. Tu vois cet homme, là ? (Il me désignait un des personnages de la première gondole.) Je… je le connais – enfin, je le connaissais. Du moins, c'est le sosie parfait de quelqu'un que j'ai bien connu. Nous étions jeunes à l'époque. Il est certain que ça ne peut pas être lui… Pourtant, tout concorde – son port de tête, l'expression de son visage. C'en est vraiment troublant.

— Sur les milliards d'êtres humains ayant vu le jour, et chacun d'entre eux n'étant pourvu que de deux yeux, d'un nez et d'une bouche, je dirais qu'il est encore plus remarquable qu'il n'y ait pas davantage d'individus identiques.

Mais Brammer ne m'écoutait plus, bien trop absorbé par sa contemplation du visage en question. Il me fallut un certain temps pour regagner son attention et le ramener à la conversation que nous avions précédemment entamée. À plusieurs reprises au cours des vingt-quatre heures qui suivirent, il revint se poster devant le tableau, hochant la tête de temps à autre, son visage affichant un mélange d'inquiétude et d'incrédulité.

Plus aucun incident ne se produisit par la suite et, au bout de quelque temps, je parvins sinon à ôter de mon esprit l'étrange découverte de Brammer, du moins à la reléguer dans un coin de ma mémoire.

Il est fort probable que, n'eût été la publication de cet article à mon sujet dans un magazine plus généraliste qu'universitaire quelques années plus tard, les choses en seraient restées là et que l'histoire aurait certainement tourné court.

Je venais d'achever un gros travail sur Chaucer, au moment même où était organisée une commémoration de grande envergure en son honneur, assortie d'une exposition au British Museum. L'événement coïncidait avec la découverte d'un manuscrit d'importance ayant trait à sa vie, dont on ignorait jusque-là presque tout. L'ensemble de la presse s'intéressa à l'affaire, et mon poète bien-aimé bénéficia d'une large publicité, ce dont je ne pouvais que me réjouir. Je nourrissais depuis longtemps le dessein de faire partager à un plus large public les trésors que recèle son œuvre, et mon éditeur avait été ravi que j'accepte cet entretien.

Une des personnes venues m'interroger arriva accompagnée d'un photographe, qui prit plusieurs clichés de l'appartement. Si vous voulez bien vous donner la peine d'aller dans le bureau, vous trouverez rangé dans le deuxième tiroir du secrétaire l'article en question.

3

Theo était quelqu'un de très méticuleux, chez qui tout était classé et ordonné. Lors de mes séances de tutorat avec lui dans ces lieux, j'avais toujours été impressionné par l'ordre absolu qui régnait dans son bureau, ce qui était loin d'être le cas chez la plupart de ses collègues – sans parler de mon propre bureau. Cet indice permettait de mieux comprendre sa personnalité. Son esprit était des plus ordonnés. Dans une autre vie, il aurait pu être juriste.

Le document était à l'endroit exact qu'il m'avait indiqué. Il s'agissait d'un long article, aussi documenté qu'instructif, consacré à Theo, Chaucer et l'exposition, ainsi qu'à la fameuse découverte. Occupant une page entière, la photographie était non seulement le portrait fidèle de mon professeur tel qu'il était trente ans auparavant, mais elle témoignait également d'un sens aigu de la composition. Theo était assis dans un fauteuil, à côté d'une table basse où trônait une pile de livres surmontée de ses lunettes. Les rayons de soleil qui traversaient la fenêtre en oblique conféraient à la scène une certaine solennité.

— C'est une belle photographie, Theo.

— Mais regardez – regardez où tombe la lumière du soleil.

Les rayons atteignaient directement la scène vénitienne, visible derrière lui, la baignant d'un clair-obscur mystérieux. Le tableau paraissait bien plus qu'un simple arrière-plan.

— Extraordinaire.

— N'est-ce pas. J'avoue avoir été stupéfait en découvrant la photographie. Je suppose qu'ayant fini par m'habituer à la toile je ne soupçonnais pas qu'elle pût avoir une telle présence dans la pièce.

Je tournai la tête et constatai que le tableau, à moitié dissimulé et plongé dans une demi-pénombre, paraissait maintenant bien insignifiant, dépourvu du moindre attrait. Les personnages y semblaient un peu raides et distants, et les ondulations à la surface de l'eau avaient perdu de leur éclat. Il était comme ces gens à la réserve falote qui, au sein d'un groupe, paraissent se fondre dans le décor.

Il n'avait en tout cas plus rien à voir avec le tableau présent sur le cliché ; non tant du point de vue de son contenu, bien sûr, que de celui – j'irais presque jusqu'à le dire – de son attitude.

— Étrange, non ? me souffla Theo en m'observant avec intensité.

— Est-ce que le photographe avait fait allusion à la toile ? L'avait-il disposée délibérément derrière vous en l'éclairant d'une manière ou d'une autre ?

— Non, pas que je sache. Je me rappelle bien qu'il avait fait toute une histoire à propos des livres sur la table… Il avait commencé par les disposer en une pile régulière, puis irrégulière… avant de me faire changer de position dans le fauteuil. Rien de plus. Je me rappelle avoir été très surpris en voyant le résultat – qui avait bien sûr nécessité de nombreuses prises. Je n'avais même pas remarqué la présence du tableau. En fait…

Il s'interrompit.

— Oui ?

Je le vis secouer la tête.

— C'est quelque chose qui n'a pas cessé de me tarauder depuis, surtout à la lumière de… ce qui s'est produit ensuite.

— C'est-à-dire ?

Il ne me répondit pas. J'attendis un instant. Les yeux clos, il demeurait parfaitement immobile. Je compris que cette soirée l'avait épuisé. Après avoir attendu quelques minutes de plus dans le silence de l'appartement, je finis par me lever pour partir et, m'efforçant de sortir sans faire de bruit, je descendis l'escalier de pierre plongé dans l'obscurité pour regagner la cour.

4

C'était une nuit calme et glaciale, éclairée par un ciel constellé d'étoiles. Je me dépêchai de rejoindre le bâtiment où je logeais pour récupérer mon manteau. Malgré l'heure tardive, j'avais envie de prendre l'air et de me dégourdir les jambes. La cour était déserte, et seules une ou deux fenêtres de logements universitaires étaient éclairées.

Muni d'une théière pleine à ras bord, le gardien de nuit avait déjà pris son service dans sa loge où rougeoyait un feu de cheminée.

— Faites bien attention en marchant, monsieur, les trottoirs sont déjà tout verglacés.

Je le remerciai du conseil et sortis par l'entrée principale. King's Parade était déserte, et tous les magasins fermés. Un policier que je croisai faisant sa ronde me salua d'un signe de tête. Je tâchai autant de me réchauffer que de me tenir bien droit, car le gardien avait vu juste: les trottoirs étaient très glissants. Mais je fus tout à coup stoppé dans mon élan, pris d'un soudain accès de panique qui me traversa comme une poussée de fièvre en faisant courir un frisson glacé le long de mon échine. Je parcourus la ruelle du regard : déserte. Ce que j'éprouvais n'était pas la peur de quelqu'un ou de quelque chose, mais plutôt un sentiment de frayeur indéterminé et anonyme qui m'étouffait. À quoi se mêlait aussi un terrible pressentiment doublé d'une tristesse immense, comme si l'un de mes proches était en train de souffrir et que je partageais cette souffrance.

Je ne suis pourtant pas sujet aux prémonitions et, autant que je sache, personne au sein de ma famille ou parmi mes proches n'était en danger. Je me sentais relativement bien, et n'avais à l'esprit que l'étrange histoire de Theo Parmitter : pourquoi m'aurait-elle terrorisé à ce point, moi qui n'avais fait que l'écouter assis au coin du feu ?

N'ayant plus guère envie de battre le pavé seul, je fis brusquement demi-tour. Il devait justement y avoir une plaque de verglas à cet endroit précis car je sentis d'abord mes pieds se dérober sous moi avant de tomber lourdement sur le trottoir. Davantage sonné qu'endolori, j'entendis au même moment à une faible distance sur ma gauche un cri accompagné de plusieurs voix. Suivirent le bruit de personnes qui couraient et un autre cri désespéré. Même s'il semblait provenir du quartier des Backs, j'avais bizarrement le sentiment qu'il n'était pas éloigné de moi mais au contraire à deux pas d'ici, tout proche de l'endroit où je me tenais. Il me serait cependant difficile de décrire précisément mes impressions car rien n'était très clair, sans compter que je gisais sur un trottoir verglacé, redoutant de m'être blessé.

Si ce que j'avais entendu était bien, comme j'en avais désormais la conviction, quelqu'un se faisant agresser et dépouiller dans l'obscurité, alors je devais me lever. Que ce fût pour trouver la victime et lui venir en aide ou pour prévenir le policier que j'avais croisé quelques minutes auparavant. À minuit passé et par un temps pareil, ce n'était certainement pas le moment de mettre le nez dehors, sauf pour les hurluberlus de mon espèce. Il me vint soudain à l'esprit que je courais moi-même le danger de me faire agresser. J'avais mon portefeuille dans la poche intérieure de mon manteau et une montre en or au poignet. J'étais donc une cible de choix.

Je me hâtai de me remettre sur pied. Mis à part une égratignure au genou – je serai courbatu le lendemain –, j'étais indemne. Je jetai un coup d'œil rapide aux alentours mais ne vis personne.

Avais-je rêvé ces voix ? Non, impossible. Dans une ruelle calme et par une nuit silencieuse et glacée, le moindre son porte. Je ne pouvais donc pas avoir confondu ce que j'avais entendu avec le vent dans les arbres ou dans mes oreilles. J'avais bien entendu un cri, puis des voix, et même un bruit d'eau. Bien que la rivière ne se trouvât qu'à une certaine distance, dissimulée qui plus est par l'enceinte et les jardins du Collège.

Je rejoignis la rue principale et avisai à nouveau le policier, qui testait les poignées de porte des magasins pour s'assurer qu'elles étaient bien verrouillées. Fallait-il que j'aille le voir pour l'alerter ? Mais si j'avais entendu les voleurs, il les avait forcément entendus lui aussi, qui se trouvait alors dans une rue adjacente à quelques mètres de là. Il continuait pourtant sa ronde sur King's Parade, d'un pas régulier et mesuré.

Une voiture s'engagea dans la rue en provenance de Trinity Street et me dépassa lentement. Un chat s'engouffra dans un passage entre deux immeubles. L'air était si froid que je soufflais de la buée. Il n'y avait rien d'inhabituel dans les parages et la ville était prête pour la nuit.

Le sentiment d'oppression qui m'avait envahi quelques minutes plus tôt s'était certes envolé, conséquence probable de ma chute et de ce que j'avais entendu, mais je ne me sentais tout de même pas très bien dans mon assiette. Sans compter que j'étais maintenant complètement frigorifié. Je décidai donc de rebrousser chemin pour regagner l'entrée du Collège aussi vite que possible, mon col de manteau relevé pour braver l'air glacé.

Le gardien, toujours emmitouflé près de son feu, me souhaita la bonne nuit. Je le saluai à mon tour et traversai la cour.

Les bâtiments étaient plongés dans l'obscurité, à l'exception des deux mêmes fenêtres que j'avais déjà remarquées en sortant, ainsi que d'une autre, située à l'extrémité gauche de la façade. Quelqu'un avait dû revenir de vacances. Dans deux semaines, le nouveau semestre aurait commencé et toutes les fenêtres donnant sur cour seraient illuminées – les étudiants n'avaient pas pour habitude de revenir tôt après Pâques. Je restai un instant à observer, me remémorant les bonnes années que j'avais vécues dans ces murs : les conversations poursuivies tard dans la nuit, les blagues de potaches, toutes ces heures passées à plancher sur des essais ou à cogiter pour construire un plan de dissertation. Pour rien au monde je n'aurais voulu suivre l'exemple de Theo et passer toute ma vie ici, aussi confortable que pût être la vie universitaire. Mais j'éprouvais quand même une pointe d'envie pour la liberté et les amitiés qu'elle favorisait. C'est alors que mes yeux se portèrent sur une lumière – la première que j'avais remarquée – qui s'éteignait. Il n'y avait donc maintenant plus qu'une seule pièce allumée, à l'extrémité, si bien qu'elle attira automatiquement mon regard.

Ce que j'y vis me glaça le sang. Là où il n'y avait précédemment qu'un espace vide, je distinguais maintenant une ombre, proche de la fenêtre. La lampe située à côté de la silhouette projetait son faisceau sur son visage, et le résultat était étonnamment similaire à celui visible sur la scène vénitienne. Soit, rien de surprenant à cela : lampes et torches ont par définition pour propriété d'éclairer et, par contraste, de définir des zones d'ombre. Non, si j'étais pétrifié, c'est parce que l'homme regardait tout droit dans ma direction. Et j'aurais pu jurer que je le reconnaissais, non pas pour l'avoir vu dans la vie réelle, mais à l'intérieur du tableau. Il présentait une ressemblance si troublante avec l'un des visages présents sur la toile que j'aurais pu jurer devant un tribunal qu'il s'agissait de la même personne. Était-ce possible ? En toute logique, non. D'ailleurs, je n'avais fait qu'entrapercevoir d'assez loin cette silhouette postée à la fenêtre, tandis que l'autre figurait dans un tableau que j'avais eu tout loisir de détailler longuement. Comme l'avait dit lui-même Theo, il existe pour chaque visage une infinité de combinaisons possibles de traits.

Mais ce qui me frappait n'était pas tant la ressemblance que l'expression faciale affichée par l'individu qui me fixait à travers la fenêtre, et la violence de son effet sur moi. J'avais tout particulièrement remarqué ce visage dans le tableau car il s'agissait d'un portrait réussi de la décadence, de la cupidité et de la dépravation, mais aussi de la malveillance et de la haine, comme de tout autre affect ou dessein inhumain. Le regard en était perçant et intense, et la bouche figée dans un rictus arrogant qui exprimait toute la concupiscence du personnage. Ce visage était fascinant de laideur et je l'avais trouvé aussi repoussant dans le tableau qu'il me terrifiait maintenant. Après m'être détourné, je relevai à nouveau les yeux vers la fenêtre. Mais la silhouette ne s'y trouvait plus. Au bout de quelques secondes, la lumière s'éteignit, plongeant la pièce dans le noir. La cour était maintenant totalement obscure, si ce n'était les lampadaires placés à chaque coin qui projetaient une lumière douce et rassurante sur le chemin de graviers.

Je tentai de reprendre mes esprits, engourdi par le froid autant que par la peur. J'étais à nouveau assailli par un mauvais pressentiment qui paraissait m'envelopper à la place de mon manteau. Pourtant, déterminé à ne pas me laisser submerger par ces impressions, je traversai la cour pour rejoindre l'escalier menant au logement d'où provenait la lampe qui avait été éclairée. Je me souvenais qu'il s'agissait de l'appartement qu'avait occupé l'un de mes amis, aussi le trouvai-je sans difficulté.

Je m'arrêtai devant la porte et prêtai l'oreille. Le silence était absolu, presque irréel. Alors qu'il est plus que commun d'entendre des craquements ou des grincements dans les vieux bâtiments, celui-ci était aussi silencieux qu'une tombe. Au bout d'un moment je frappai à la porte, sans trop cependant m'attendre à ce qu'on me réponde car l'occupant devait maintenant être dans sa chambre et pouvait très bien ne pas m'avoir entendu. Je frappai de nouveau plus fort et, en l'absence de réponse, tournai la poignée de porte pour pénétrer dans le petit vestibule. L'air y était d'un froid glacial, ce qui m'étonna car personne ne pouvait occuper le logement par un temps pareil sans en allumer le chauffage. Après un temps d'hésitation, je franchis le pas du bureau.

— Bonjour, dis-je à voix basse.

Toujours aucune réponse. Après avoir dit « Bonjour » à nouveau, je cherchai à tâtons un interrupteur. La pièce était parfaitement vide, à l'exception d'une table de travail, d'une chaise, d'un fauteuil placé près de la cheminée éteinte et d'une bibliothèque sans le moindre livre. Il y avait bien un plafonnier, mais aucune autre lampe. J'entrai dans la chambre. Il y avait un lit, dépouillé de tout drap. Et rien d'autre.

Je m'étais à l'évidence trompé de logement et ressortis pour me diriger vers l'appartement adjacent, le seul autre à ce niveau : chaque cage d'escalier desservait deux logements à l'étage et un autre, beaucoup plus vaste, au rez-de-chaussée. La même disposition se répétait sur trois des ailes du Great Court. (L'Inner Court, plus petit, suivait un plan assez différent.)

Après avoir frappé et obtenu à nouveau le silence pour toute réponse, je fis comme précédemment et poussai la porte. Le logement était aussi vide que le précédent – voire davantage, puisqu'il était dépourvu de tout mobilier à l'exception des bibliothèques intégrées dans le mur. Y régnait une odeur de plâtre et de peinture.

J'eus l'idée de retourner à la loge du gardien pour lui demander qui occupait habituellement cet étage. Mais à quoi bon ? Il n'y avait aucun étudiant de premier cycle dans cette résidence, et les logements n'avaient pas accueilli d'universitaires depuis de nombreuses années. Par ailleurs, des travaux de rénovation étaient manifestement en cours.

Je ne pouvais donc pas avoir vu une lampe allumée et une silhouette à l'une de ces fenêtres.

Et pourtant je savais que c'était le cas.

Je descendis l'escalier, désormais tout à fait sonné, pour retraverser la cour et regagner l'appartement pour visiteurs où je logeais. Une fois arrivé, je me servis une grosse lampée du whisky que j'avais apporté avec moi et l'avalai d'un trait. Je répétai immédiatement l'opération en buvant cette fois plus lentement, puis me mis au lit. Malgré le whisky, je grelottai un bon moment avant de sombrer dans un sommeil agité. Je ne cessai de me tourner et de me retourner, en sueur, en proie à d'effroyables cauchemars où rougeoyaient d'inquiétants flambeaux tandis que des gens hurlaient en se noyant.

Mes propres hurlements finirent par me réveiller. Alors que je revenais à la raison retentit un énorme fracas qui laissait à penser que quelque chose de lourd s'était soudain effondré. Suivi immédiatement par un cri étouffé dans le lointain – celui d'une personne qui aurait été victime d'une agression.

Les battements de mon cœur résonnaient entre mes tempes. Encore sous le choc de mes visions cauchemardesques, il me fallut un certain temps pour faire la part des choses entre rêve et réalité. Mais, quand j'eus allumé la lampe de chevet et repris mes esprits, j'avais acquis une certitude : si les scènes de noyade n'avaient été qu'un mauvais rêve, le bruit de chute et le cri qui avait suivi ne pouvaient pas être le fruit de mon imagination.

Le calme revenu, je sortis de mon lit pour aller dans le salon. Tout était en ordre. Je récupérai ma robe de chambre et retournai sur le palier où régnait également un parfait silence. Personne n'occupait le logement adjacent, mais je ne savais pas si celui d'en dessous était habité par un doctorant. L'appartement de Theo Parmitter donnait quant à lui sur un autre palier.

Je descendis dans le noir et le froid glacial et j'écoutai à chacune des portes de l'étage inférieur, sans entendre le moindre bruit.

— Est-ce qu'il y a quelqu'un ? Tout va bien ? demandai-je, ma voix résonnant étrangement contre les parois de pierre de la cage d'escalier.

Aucune réponse. Je retournai me coucher et dormis d'un sommeil agité jusqu'au lendemain matin. Frigorifié, je ne parvenais ni à me réchauffer ni à trouver une position confortable.

En jetant un coup d'œil par la fenêtre peu après 8 heures, je m'aperçus qu'une neige fine était tombée et que la fontaine au centre de la cour était gelée.

J'étais en train de m'habiller quand on vint frapper à ma porte : c'était l'appariteur du Collège, et il avait l'air inquiet.

— Je me suis dit que vous vouliez sûrement être mis au courant tout de suite : il est arrivé quelque chose, monsieur. C'est M. Parmitter…

5

— Je vous assure qu'il n'est nul besoin de déranger un médecin. Je suis certes un peu sonné, mais parfaitement indemne. Je vais bien.

L'appariteur avait réussi à transporter Theo jusqu'à son fauteuil dans le salon, où je le retrouvai. Il avait la mine pâle et une expression indéfinissable dans le regard, que je ne parvenais pas à déchiffrer.

— Le médecin est en route, vous serez donc vite fixé, lui assurai-je en hochant la tête en signe d'approbation tandis que l'appariteur remplissait une deuxième théière. Alors, dites-moi ce qui vous est arrivé.

Theo s'enfonça dans son fauteuil et poussa un soupir. Je devinais qu'il n'en dirait pas beaucoup plus.

— Vous êtes tombé ? Vous avez dû glisser sur quelque chose. Il faudra demander au service technique de vérifier…

— Non, ils n'ont rien à voir avec ça, m'interrompit-il sur un ton cassant.

Je nous servis à chacun une tasse de thé et j'attendis que l'appariteur nous laissât. J'avais d'emblée remarqué que la scène vénitienne n'était plus à sa place initiale.

— Il est arrivé quelque chose, repris-je. Et vous devez m'en parler, Theo.

Alors qu'il saisissait sa tasse, je notai que sa main tremblait légèrement.

— J'ai mal dormi, finit-il par me confier. Ce qui en soi n'a rien d'exceptionnel, mais hier je n'ai pu m'endormir qu'après 2 heures, et j'ai eu le sommeil très agité et entrecoupé de cauchemars. J'ai passé une très mauvaise nuit.

— J'ai moi aussi fait des cauchemars, enchaînai-je. Ce qui en revanche est pour moi très exceptionnel.

— C'est ma faute. Je n'aurais jamais dû ressortir cette maudite histoire.

— Vous n'y êtes absolument pour rien, croyez-le bien. J'avais eu l'idée saugrenue de sortir faire un tour pour me dégourdir les jambes. Bien mal m'en a pris car ce froid de gueux m'aura fouetté le sang.

— Non, il s'agit d'autre chose. Comme pour moi. J'en ai désormais la conviction. Étant si mal en point, et mon sommeil si perturbé, j'ai jugé qu'il valait mieux que je me lève pour m'installer dans le fauteuil. Il me faut toujours un certain temps pour m'extraire du lit et me mettre en route, et j'ai entendu l'horloge sonner quatre coups au moment où j'entrais dans la pièce. Une fois arrivé devant le mur où était accrochée la toile, je me suis arrêté un quart de seconde – ou plutôt, quelque chose m'a fait m'arrêter. À ce même instant, le fil qui retenait le tableau a cédé et ce dernier s'est effondré en ricochant sur mon épaule, me faisant perdre l'équilibre, si bien que je suis tombé. Si je ne m'étais pas arrêté, le tableau me serait tombé sur la tête. Il n'y a aucun doute là-dessus.

— Qu'est-ce qui vous a fait vous arrêter ? Probablement une prémonition ?

— Non, non. Je dirais que, de façon subliminale, je savais que le fil était sur le point de lâcher. En tout état de cause, cette affaire m'a un peu choqué.

— Je suis désolé – pour vous-même, bien sûr, mais aussi du fait que je ne connaîtrai jamais la fin de l'histoire.

Theo eut l'air de s'alarmer.

— Pourquoi ? Bien sûr, si vous devez partir… Mais j'aimerais que vous restiez, Oliver. J'aimerais que vous m'écoutiez jusqu'au bout.

— C'est également mon souhait. Je n'ai aucune envie de rester ainsi en suspens, mais peut-être serait-il préférable pour votre tranquillité d'esprit que nous en restions là.

— Certainement pas ! Si je ne vous raconte pas la suite, je crains de ne jamais retrouver le sommeil. Maintenant que l'histoire bourdonne à nouveau dans ma tête, elle est aussi dérangeante qu'un essaim d'abeilles enragées. Devez-vous impérativement retourner à Londres ?

— Je peux rester une nuit de plus – ce ne serait pas du temps perdu, et je pourrais en profiter pour vérifier quelques références à la bibliothèque pendant que je suis ici.

On frappa à la porte. Le médecin fit son entrée et j'informai Theo que j'étais à sa disposition plus tard dans la journée si jamais il était en état de me parler. Mais il ne devait en aucun cas désobéir aux « recommandations de la faculté ». L'histoire pouvait attendre, cela ne prêtait pas à conséquence. Je n'en pensais pourtant pas un mot. Cela risquait d'avoir beaucoup plus de conséquences que je n'osais l'admettre. Les événements récents avaient fini à la fois par me rendre nerveux et par me convaincre qu'ils étaient liés, même si chacun d'entre eux pris séparément semblait insignifiant. Je ne suis d'ordinaire pas du tout prompt aux conclusions hâtives, mes études universitaires m'ayant appris à toujours aller à la recherche de preuves. Toutefois, n'étant pas juriste, la présence de preuves indirectes me suffit souvent largement. Je suis par ailleurs d'un naturel plutôt optimiste et ne perds pas facilement mon sang-froid ; le malaise qui m'avait assailli n'était donc pas anodin. Et je savais maintenant que Theo Parmitter éprouvait le même malaise mais aussi, et surtout, qu'il avait commencé à me raconter son histoire non pour me divertir mais pour se soulager d'un poids et livrer ses peurs à un pair, dont le tempérament était proche du sien et qui les accueillerait avec la même sérénité et le même esprit rationnel que lui.

Pourtant, si la raison m'indiquait que la chute du tableau était un événement insignifiant et aisément explicable, le pressentiment néfaste et confus qui m'agitait me disait exactement le contraire.

*

Je passai une bonne partie de la journée en bibliothèque à travailler sur un psautier médiéval, puis je descendis en ville pour prendre un thé au café de Trumpington Street, que j'avais si souvent fréquenté. Très animé en période universitaire, l'endroit était aujourd'hui presque vide, et c'est dans une atmosphère assez morose que je m'installai pour déguster mes *crumpets*. J'avais espéré qu'un peu de compagnie me changerait les idées mais même les rues commerçantes étaient désertes : il faisait trop froid pour se promener et ceux qui avaient eu besoin de faire des achats s'en étaient acquittés rapidement pour vite retourner au chaud chez eux.

Il en serait de même pour moi le lendemain. Malgré toute l'affection que je portais à cette ville où j'avais passé des années très heureuses, je ne serais pas fâché d'achever ce séjour qui s'était révélé fort déplaisant et dérangeant. J'avais maintenant hâte de retrouver l'agitation londonienne ainsi que le confort de mon appartement.

Je retournai au Collège. Comme il me tardait d'avoir de la compagnie, je filai au restaurant universitaire où je dînai entouré d'une dizaine d'enseignants résidants. Nous devisâmes dans la bonne humeur et, comme c'était l'usage à Cambridge, descendîmes une bonne bouteille de porto dans le fumoir en fin de repas. Autant dire que l'heure était assez tardive quand je traversai le Great Court pour regagner mes appartements. Un message alarmiste m'y attendait de la part de Theo, qui me demandait de venir le voir dès que possible.

Je m'assis d'abord quelques instants. Je retardais ma visite depuis le matin, même si j'avais pris soin de prendre des nouvelles de mon vieux maître. On m'avait répondu que si son état physique était resté stable depuis les événements survenus dans la matinée, il demeurait assez agité. Après avoir enfin réussi à chasser de mon esprit les idées noires qui s'y étaient installées, j'appréhendais d'avoir à entendre la suite de l'histoire de Theo. Mais il me suppliait presque de venir l'écouter, car il en allait, m'écrivait-il, de sa tranquillité d'esprit. Je me sentis coupable de l'avoir laissé seul toute la journée. Je quittai donc mon appartement pour aller lui rendre visite.

*

Theo avait meilleure mine. Un petit verre de whisky à ses côtés et un bon feu dans la cheminée, c'est avec un visage enjoué et sur un ton léger qu'il s'enquit de ma journée.

— Je suis confus de ne pas avoir pu me libérer plus tôt.

— Mon cher ami, vous n'êtes pas venu à Cambridge pour me veiller jour et nuit.

— Tout de même…

Je m'assis et acceptai un verre de Macallan.

— Je suis venu entendre la suite de l'histoire, continuai-je, si vous vous sentez capable de reprendre votre récit et si vous le souhaitez toujours.

Theo me sourit.

Le tableau était la première chose que j'avais aperçue en entrant dans la pièce. À nouveau accroché au mur, il se trouvait désormais dans la pénombre, la lampe tournée de l'autre côté éclairant maintenant dans la direction opposée. J'eus le sentiment que ce changement était délibéré.

— Où en étais-je arrivé ? demanda Theo. Je n'en ai plus la moindre idée.

— Allons, Theo, répondis-je d'un ton calme, je ne serais pas surpris du contraire, même si vous avez sombré dans le sommeil la dernière fois et que je vous ai abandonné dans les bras de Morphée. Vous arriviez à un moment important de l'histoire.

— Peut-être me suis-je endormi dans un geste d'autodéfense.

— Dans tous les cas, vous devez me raconter la fin ou nous risquons à nouveau tous les deux de passer une fort mauvaise nuit. Vous veniez de me montrer l'article du magazine, dans lequel la présence du tableau est trop marquée. Je vous avais demandé si c'était un choix délibéré de la part du photographe.

— Eh bien non. Autant que je m'en souvienne, il n'y avait pas prêté la moindre attention, pas plus que moi d'ailleurs. Toujours est-il que le tableau y figurait et, pourrait-on dire, avec une place de choix tant sur la photographie que dans la pièce. Je fus sur le coup un peu surpris, mais rien de plus. Cependant, deux semaines après la parution du magazine, je reçus une lettre que j'ai toujours conservée depuis. Je l'ai retrouvée ce matin. Elle se trouve sur la table près de vous.

Il me désignait une épaisse enveloppe couleur ivoire, dont je me saisis. Adressée à Theo ici même au Collège, d'une encre violette et d'une graphie sophistiquée et surannée, elle avait été postée dans le Yorkshire près de trente ans plus tôt.

Hawdon
par Eskby
Comté du Yorkshire du Nord

Cher professeur Parmitter,

*Je vous écris pour le compte de la comtesse d'Hawdon, qui a récemment lu un article vous concernant dans le magazine ****, et qui souhaiterait vous rencontrer au sujet du tableau situé dans la pièce où vous avez été photographié pour cette parution. Ce tableau, une huile figurant une scène* *de carnaval vénitien, présente pour la comtesse un intérêt personnel de la plus haute importance.*

Lady Hawdon m'a demandé de vous inviter au domaine afin qu'elle puisse s'entretenir de toute urgence avec vous au sujet de certaines questions ayant trait au tableau.

La propriété se trouve au nord d'Eskby et une voiture vous attendra à la gare à votre descente de train, à l'heure de votre choix. Je vous saurais gré de bien vouloir prendre contact avec moi dans l'éventualité où vous accepteriez de rendre visite à la comtesse, et de me proposer une date à votre convenance. Je me permets d'ajouter qu'en raison de la santé fragile de lady Hawdon, par ailleurs très préoccupée par cette affaire, une visite imminente de votre part me semblerait appropriée.

Salutations,

John Thurlby, Secrétaire.

— Y êtes-vous allé ? demandai-je en reposant la lettre.

— Oh que oui. J'ai fait le déplacement dans le Yorkshire. Quelque chose dans le ton de la lettre semblait m'indiquer que je n'avais guère le choix. En outre, j'étais curieux d'en savoir plus. J'étais bien plus jeune à l'époque et ne reculais devant aucune aventure. Je suis donc parti le cœur léger dès la fin du semestre, deux semaines plus tard.

Il se pencha pour se servir un deuxième whisky en m'invitant à suivre son exemple. Ce faisant, je croisai son regard à la lueur du feu. Il avait beau évoquer sa virée dans le Nord d'un ton enjoué, l'expression préoccupée qui voilait son regard contredisait l'apparente allégresse avec laquelle il avait parlé.

— Je ne sais trop ce que j'espérais y découvrir, dit-il après avoir pris une gorgée de whisky. Je n'avais aucune idée préconçue sur Hawdon ou la comtesse. Si j'avais su… Vous trouviez mon histoire étrange, Oliver. Mais elle n'est rien de plus que le prélude à l'histoire qui me fut contée par une vieille dame extraordinaire.

6

Le Yorkshire se révéla particulièrement lugubre le jour où je fis le voyage. Le temps était très couvert. Je changeai de train en début d'après-midi, au moment où la pluie commençait de tomber, et bien que les paysages que nous traversâmes fussent indéniablement somptueux par beau temps, je ne voyais alors guère plus loin que cent mètres à la ronde depuis ma fenêtre : en lieu et place des célèbres collines et vallées, je ne distinguais que nuages bas et campagne brunâtre. C'était le mois de décembre et il faisait déjà nuit quand le tortillard finit par arriver à destination, après avoir gravi à grand-peine la colline qui menait à la gare d'Eskby. Une poignée de passagers sortirent avec moi et s'engouffrèrent aussitôt dans le sous-terrain de la gare. L'air était cru et un vent froid et humide vint me souffler à la figure à mon arrivée sur le parvis de la gare, où étaient stationnés deux taxis et, à quelque distance de là, une limousine noire. À l'instant même où je sortais, un homme coiffé d'une casquette en tweed traversa la purée de pois pour me rejoindre d'un pas distingué.

— Monsieur Parmitter. (Il ne s'agissait pas d'une question.) Harold, monsieur le professeur. Je suis chargé de vous conduire à Hawdon.

De tout le trajet, une fois mes bagages placés dans le coffre et le moteur démarré, ce furent là les seules paroles qu'il prononça de son propre chef. Il m'installa d'emblée à l'arrière, alors que j'aurais préféré m'asseoir à côté de lui, et comme il faisait nuit noire au moment où nous quittâmes la petite ville située sur les hauteurs d'une colline, je trouvai le voyage fort ennuyeux.

— C'est encore loin ? demandai-je à un moment donné.

— Quatre miles.

— Et vous travaillez pour lady Hawdon depuis longtemps ?

— En effet.

— J'ai cru comprendre qu'elle était en mauvaise santé.

— En effet.

Jetant l'éponge, je me renfonçai dans le cuir froid du siège et patientai, sans prononcer un mot de plus durant le reste du voyage.

*

Qu'avais-je imaginé ? Une maison lugubre et solitaire au bord d'un ravin, avec du lierre grimpant sur des parois humides ; des douves aux eaux stagnantes ? Un majordome sans âge, squelettique et rabougri, au service d'une mystérieuse silhouette séculaire que j'aurais croisée dans l'escalier ?

Isolée, la maison l'était sans conteste. Après avoir quitté la route principale, nous parcourûmes à vue de nez un bon mile sur un chemin accidenté à voie unique, qui finit soudain par s'élargir pour déboucher sur un majestueux portail ouvert. L'allée faisant un virage, nous tournâmes brusquement sur la droite et empruntâmes un petit pont de pierre. En scrutant l'obscurité, je distinguai une imposante demeure dont plusieurs fenêtres étaient éclairées à l'étage.

Notre véhicule s'immobilisa sur le chemin de gravier et je vis que la porte principale, située au sommet d'un escalier de pierre, était ouverte. De la lumière en filtrait. L'endroit était globalement beaucoup plus accueillant que je ne l'avais imaginé, et n'avait rien à voir avec la maison Usher d'Edgar Poe, dont je m'étais remémoré le cadre funeste.

Je fus accueilli par un majordome amène qui se présenta sous le nom de Stephens. Il me conduisit deux volées de marches plus haut jusqu'à une chambre splendide dont les longs rideaux rouge sombre étaient tirés, et où je ne manquerais de rien pour passer une nuit confortable. Il était un peu plus de 18 heures.

— La comtesse souhaiterait que vous la retrouviez dans le grand salon à 19 h 30, monsieur. Si vous voulez bien vous donner la peine de sonner quand vous serez prêt, je vous y accompagnerai.

— La tenue de soirée est-elle de rigueur pour le dîner ?

— Oh, mais très certainement, monsieur. (Le visage du majordome eut beau rester impassible, je décelai dans sa voix une pointe de dédain.) Si d'aventure vous n'aviez pas de smoking…

— Je vous remercie, mais j'en ai un. Je préférais cependant vous poser la question.

Ce n'est qu'à la réflexion que j'avais pensé à emporter une veste et un nœud-papillon, ayant toujours considéré qu'une allure endimanchée valait mieux qu'une tenue inappropriée. Je n'avais cependant aucune idée de ce qui m'attendait au cours des heures qui suivraient.

*

Comme promis, Stephens vint me chercher pour me conduire au rez-de-chaussée où nous traversâmes un large couloir orné d'une succession d'imposantes peintures à l'huile, dont certaines représentaient des scènes de chasse, et de cabinets de curiosités abritant masques, fossiles, coquillages, argenterie et émaux. Nous marchions d'un bon pas qui ne m'en autorisait qu'un aperçu furtif mais suffisant pour que mon humeur se fût ragaillardie à la pensée de tous les trésors que devait receler la propriété, et que je pourrais peut-être admirer.

— Monsieur le professeur Parmitter, madame la comtesse.

Nous nous trouvions dans une pièce au décor fastueux. Y trônait une magnifique cheminée devant laquelle était disposé un ensemble de trois vastes canapés éclairés tout à la fois par des lampes et la lueur du feu. D'autres luminaires se trouvaient dans la pièce, sur des dessertes ou bien encore en appliques, mais on en avait baissé l'intensité. Plusieurs toiles de maître étaient accrochées au mur : des portraits de famille edwardiens, des scènes de chasse et, çà et là, des ensembles de petits tableaux. J'aperçus un piano à queue au fond de la pièce.

Rien de croulant, de décati, ni de lugubre dans ce salon de réception. Pourtant, le visage tourné à l'opposé du feu, la femme assise sur une chaise détonnait dans ce cadre chaleureux et accueillant. C'était une très vieille dame, à la peau pâle et parcheminée comme c'est souvent le cas chez les personnes de cet âge ; une peau diaphane comme les pétales séchés de monnaie-du-pape. Ses cheveux blancs et fins étaient relevés sur le dessus de la tête en une coiffure élaborée, et ornés de deux pinces étincelantes. Elle portait une longue robe verte agrémentée d'une superbe broche en diamants, et d'autres pierres précieuses brillaient à son long cou sec. Ses yeux, très enfoncés dans leurs orbites, n'étaient pas les yeux décolorés d'une personne âgée : ils étaient d'un bleu perçant qui vous désarçonnait.

Elle ne fit pas un geste, si ce n'est me tendre sa main gauche tout en scrutant mon visage. Je saisis ses doigts froids et osseux, parés d'un nombre impressionnant, presque grotesque, de pierres précieuses : des diamants pour la plupart, à l'exception d'une énorme émeraude.

— Monsieur Parmitter, asseyez-vous, je vous prie. Je vous remercie de votre visite.

J'allais m'asseoir quand le majordome réapparut pour nous proposer du champagne. Je notai qu'il s'agissait d'un très grand cru, et que la comtesse n'en but pas une goutte.

— Ce manoir est absolument somptueux, et vous possédez qui plus est des œuvres remarquables.

Elle fit un geste imperceptible de la main.

— Je suppose qu'il s'agit d'une propriété de famille depuis plusieurs générations ?

— En effet.

Suivit un effroyable silence qui ne présageait rien de bon pour le reste de la soirée. La comtesse n'était manifestement pas du genre à échanger des banalités ; je ne savais toujours pas pourquoi on m'avait fait venir ici et, en dépit de l'indéniable et luxueuse beauté du lieu, un certain malaise me gagnait. Puis elle reprit la parole :

— Vous n'imaginez pas le choc que fut pour moi de revoir ce tableau.

— La scène vénitienne ? Votre secrétaire mentionnait dans son courrier que…

— Je ne connais rien de vous. Je n'ai pas pour habitude de lire les magazines d'art. C'est Stephens qui est tombé par hasard sur l'article et qui l'a porté à ma connaissance. Comme je vous l'ai dit, j'en ai été terriblement affectée.

— Puis-je vous demander la raison de ce trouble ? Quel lien existe-t-il entre cette toile et vous-même – voire votre famille ? Il s'agit à l'évidence d'un lien important pour que vous ayez requis ma présence ici.

— Plus que vous ne l'imaginez. Il n'est rien dans l'existence qui revête pour moi plus d'importance. Absolument rien.

Son regard soutenait le mien telle une poignée de main d'acier. Je ne pus détourner les yeux. Seule la voix du majordome aux pas feutrés, qui faisait son entrée derrière nous pour annoncer le dîner, parvint à rompre ce joug hypnotique.

La salle à manger était froide et haute de plafond. Nous nous installâmes chacun à une extrémité de la longue table, face à des chandeliers d'argent et en présence de tout l'attirail de porcelaine, d'argenterie et de verres requis pour un dîner sophistiqué. Je me demandais si la comtesse s'entourait d'un tel faste quand elle dînait seule. Lui ayant offert mon bras le temps de parcourir les sols cirés qui nous conduisaient à la salle à manger, j'eus l'impression d'avoir les serres d'un oiseau posées sur moi, tant son dos était voûté et ses os décharnés. Elle devait avoir au moins quatre-vingt-dix ans. Assise face à moi, ses yeux bleu vif illuminant son visage livide, elle ressemblait pourtant davantage à une phalène qu'à un oiseau. Je remarquai qu'elle avait mis du rouge à ses joues et que ses ongles étaient vernis. Elle avait le front haut, au-dessus duquel ses cheveux étaient relevés, un nez aquilin et anguleux, et des lèvres fines. Ses pommettes aussi étaient hautes, et j'eus l'impression que, avec ses yeux bleus et un peu plus de chair sur ses membres distingués, elle avait dû être d'une grande beauté dans sa jeunesse.

On nous servit du poisson fumé, accompagné de pain finement coupé et de tranches de citron, et un saladier garni fut déposé devant nous. Je pris une pleine bouchée, certes parce que j'avais très faim mais aussi pour m'éviter d'avoir à parler immédiatement. On nous apporta un grand bourgogne blanc mais la comtesse se cantonna à l'eau durant tout le repas. Le dîner se poursuivit de façon très formelle. Mon hôtesse parlait peu, se bornant à me donner des bribes d'information sur l'histoire du domaine et des environs et à me poser quelques questions sommaires sur mon travail. Il n'y avait aucune convivialité dans ses façons. Elle mangea peu, émiettant un morceau de pain dont elle laissa les fragments dans son assiette. Elle semblait lasse et distante. J'en venais à regretter d'avoir à passer le reste de la soirée en sa compagnie, et déplorais de n'avoir toujours pas atteint le but escompté de ma visite.

Le dîner achevé, le majordome nous informa que le café était servi dans le salon bleu. La comtesse prit mon bras et nous le suivîmes à nouveau dans le long couloir pour finir par arriver dans une petite pièce lambrissée. C'est à peine si je sentais le poids de ses doigts posés sur ma veste.

Le salon bleu servait partiellement de bibliothèque, mais je doute que les épais livres à reliure de cuir aient été sortis de leurs étagères depuis de nombreuses années. Il y avait aussi une longue table vernissée où étaient présentés plusieurs albums de grand format, ainsi que le magazine où était paru l'article à mon sujet, grand ouvert. Le majordome servit nos cafés, ainsi qu'un verre d'eau pour la comtesse. Il l'aida à s'installer dans un fauteuil devant les livres, puis nous laissa. Avant de sortir, il baissa légèrement l'intensité des luminaires. Deux lampes éclairaient la table de chaque côté de nous, et la comtesse me fit signe de m'asseoir près d'elle.

Elle ouvrit l'un des albums et je pus voir qu'il contenait des photographies, au-dessus desquelles avaient été ajoutés des noms, des dates et des lieux, soigneusement écrits à l'encre.

Elle tourna plusieurs pages avec précaution, sans un mot, avant d'arriver à une double page de photographies de mariage datant d'au moins soixante-dix ans, des clichés sépia qui montraient le marié assis, la mariée debout, ou des parents, les femmes drapées dans de la dentelle et coiffées d'énormes chapeaux, les hommes arborant la moustache.

— Mon mariage, monsieur Parmitter. Regardez attentivement.

Elle tourna l'album afin que je puisse examiner les différents groupes. La comtesse avait en effet été une très belle femme. Alors même qu'elle posait sans sourire, comme c'était alors l'usage sur les photographies, j'admirais son long visage au nez droit, sa jolie bouche et son menton gracieux. Les images avaient beau être en noir et blanc, j'imaginais aisément le bleu intense de ses yeux profonds.

— N'y a-t-il pas quelque chose qui vous frappe?

Je ne remarquais rien. J'eus beau persévérer, je ne reconnaissais rien, ni personne.

— Regardez mon mari.

J'obtempérai, observant le visage d'un jeune homme brun, le seul à être glabre parmi la gent masculine. Il avait les cheveux légèrement ondulés sur les côtés, les lèvres plutôt charnues. Sans être d'une beauté exceptionnelle, il avait un physique plutôt agréable.

— Je dois vous avouer que je ne reconnais personne – à part vous-même, bien sûr.

Ses yeux se tournèrent enfin vers moi et je décelai sur son visage une curieuse expression, où je lisais de la condescendance mais aussi une détresse infinie…

— Je vous en prie…

J'observai à nouveau le cliché et, l'espace d'une demi-seconde, eus une soudaine et violente intuition. Ce choc me venait-il d'une découverte ? D'une révélation ? Mon trouble dut en tout cas se lire clairement sur mon visage car la comtesse me dit :

— Ah, maintenant vous voyez.

Certes. Mais qu'avais-je vu au juste ? Je restai perplexe quelques instants. Je savais maintenant qu'un des visages m'était très familier, intimement familier. Mais lequel ? Pas celui de la comtesse, ni celui de… Non. C'était son visage à lui. Celui de son jeune mari. Je le connaissais ; du moins connaissais-je un visage qui lui ressemblait beaucoup. Ce visage m'était si proche qu'il eût pu s'agir de celui d'un membre de ma famille, un visage que je voyais chaque jour, qui m'était si familier que je n'en avais même plus conscience, si vous voyez ce que je veux dire.

Une pensée confuse m'agitait l'esprit, hors d'atteinte, persistante mais incompréhensible. Je secouai la tête.

— Regardez.

Lady Hawdon s'était à nouveau saisie du magazine, qu'elle étudiait attentivement. L'espace d'un instant, je crus que c'était moi qu'elle scrutait sur la photographie prise dans mon logement universitaire. Puis elle fit glisser la revue sur la table à mon attention en pointant son long et maigre index sur une page.

À la vue de ce qu'elle me montrait, une formidable onde de choc me submergea, au point que je fus pris de nausée et que tout sembla vaciller autour de moi. Le pressentiment confus qui m'avait habité jusque-là apparaissait désormais très clairement à mon esprit et faisait soudain sens. Mais comment aurais-je pu croire ce que j'avais sous les yeux ? Était-ce seulement possible ?

La scène vénitienne apparaissait sans ambiguïté sur la photographie du magazine, mais quand bien même il en eût été autrement, je la connaissais si bien, et dans les moindres détails, que je ne pouvais me tromper. Il y avait, rappelez-vous, une scène dans la scène. Un jeune homme, sur le point d'embarquer sur l'une des gondoles, maintenu par le bras par un autre individu qui semblait le menacer, détournait les yeux pour regarder le spectateur du tableau avec dans le regard une expression mêlant effroi et supplication. En observant à nouveau la scène, j'étais frappé par l'évidence : le visage du jeune homme que l'on forçait à embarquer n'était autre que celui du mari de la comtesse. Cela ne faisait aucun doute ; la ressemblance était totale. Les deux hommes n'avaient pas des physionomies semblables : ils étaient une seule et même personne.

Mon hôtesse me regardait avec insistance.

— Mon Dieu, murmurai-je.

Je cherchais mes mots tout en essayant de reprendre mes esprits. Il y avait forcément une explication sensée, rationnelle.

— Votre mari a dû poser pour l'artiste, dis-je en sachant à quel point cette hypothèse était ridicule.

— Le tableau a été peint à la fin du XVIIIe siècle.

— Alors, pourrait-il s'agir d'un parent dont vous n'auriez jusqu'ici jamais eu connaissance ? La ressemblance est saisissante.

— Non. C'est bien mon mari. C'est Lawrence.

— Alors je ne comprends pas.

Le visage penché sur la photographie, elle examinait le cliché et le visage de son mari avec dans le regard une nostalgie et une tristesse inouïes.

Au bout de quelque temps, elle me dit :

— Je vous propose que nous retournions dans le grand salon. Maintenant que vous avez vu ceci, que vous savez… vous allez pouvoir entendre tout ce que j'ai à vous dire.

— Je suis tout ouïe. Mais je ne sais trop comment je puis vous aider.

Elle me tendit la main afin que je l'aide à se lever.

— Nous pouvons y aller seuls. Nul besoin de l'aide de Stephens.

Sa main décharnée se posa à nouveau sur mon bras et nous empruntâmes le couloir désormais plongé dans la pénombre, les appliques ayant été baissées. Tableaux et vitrines se trouvaient ainsi eux aussi dans l'obscurité, à l'exception des cadres dorés qui reflétaient par moments la lueur inquiétante des candélabres.

Histoire de la comtesse

Je me mariai à l'âge de vingt ans. J'avais rencontré mon futur mari lors d'un bal et ce fut entre nous ce qu'on appelle communément un coup de foudre. Peu nombreux sont ceux qui peuvent se targuer d'avoir connu l'amour au premier regard. Peu nombreux sont ceux qui connaissent la radicalité avec laquelle vous en sortez transformés. Nous avions eu la chance de compter parmi les heureux élus. Une telle expérience vous change totalement, et pour toujours.

Rien de plus banal qu'un bal pour une rencontre, me direz-vous. Mais n'est-ce pas ainsi que se formaient tous les jeunes couples à l'époque ? C'est d'ailleurs probablement encore le cas aujourd'hui. Mais, parmi eux, combien connurent une passion aussi fulgurante ?

Jeune trentenaire, il avait plusieurs années de plus que moi. Mais cela n'avait aucune importance. Rien n'avait d'importance. Mes parents étaient certes un peu inquiets – j'étais jeune, et j'avais une sœur aînée qui, selon les convenances, aurait dû se marier avant moi. Mais Lawrence acquit tout de même leur faveur. Il y avait cependant une chose qui pouvait nous tourmenter. Lawrence était alors sur le point de se fiancer. Il n'y avait certes pas eu de demande en mariage, mais la chose était entendue. Si nous ne nous étions pas rencontrés ce soir-là, il est certain qu'il y aurait eu fiançailles, suivies de noces, et la jeune femme en question avait bien sûr été terriblement blessée. Ce sont des choses qui arrivent, monsieur Parmitter. Je n'avais aucune raison de me sentir le moins du monde coupable. Pas plus que lui, probablement. Mais, bien entendu, Lawrence était très inquiet du sort de la jeune femme. Quant à moi – une fois que l'on m'eut informée de la situation –, j'éprouvai tout le remords et toute la tristesse que l'on peut attendre d'une fille de vingt ans sous l'effet d'une telle passion. Le cours des choses veut habituellement dans de telles circonstances que l'une des parties ait le cœur brisé et se sente blessée dans son amour-propre, ces deux maux finissant toujours par guérir, généralement avec l'arrivée d'un nouveau prétendant.

En l'occurrence, il n'en fut rien. La jeune femme, dénommée Clarissa Vigo, souffrit tant qu'à mon avis elle en perdit la raison. Je ne la connaissais pas avant ces événements, mais on m'avait assurée qu'il s'agissait d'une jeune femme charmante, douce et prévenante. Elle devint amère, aigrie et tourmentée, rongée par une seule et unique pensée : le préjudice qu'elle avait subi et la manière qu'elle aurait d'obtenir vengeance. Bien sûr, le meilleur moyen pour cela était de détruire notre bonheur. Tel est le but qu'elle se mit en tête et qui l'obséda. On me cacha l'essentiel de tout cela, du moins au début, mais j'appris par la suite que sa famille s'inquiéta tant pour sa santé mentale qu'elle lui fit rencontrer un prêtre !

Il ne s'agissait pas du pasteur de la paroisse, monsieur Parmitter. C'était un prêtre qui pratiquait des exorcismes. On faisait appel à lui aussi bien dans le cas de maisons hantées par des esprits malins que pour s'occuper de personnes dont le comportement laissait supposer qu'elles étaient possédées. Je crois pouvoir dire que cette jeune femme était considérée comme telle. Mais le prêtre renonça, dit-il, en désespoir de cause. Il avait le sentiment de ne pas pouvoir l'aider car elle-même ne voulait pas se laisser aider. Elle était entièrement possédée par son amertume et son désir de vengeance, qui étaient devenus son unique raison de vivre. Je sais qu'elle était résolue à détruire notre union. Et elle y parvint de la manière la plus atroce qui fût. Le prêtre eût-il pu exorciser ses démons, tout serait rentré dans l'ordre. Mais comme ce ne fut malheureusement pas le cas, sa détermination ne cessa de grandir, ainsi que sa capacité à faire le mal. Possédée, elle l'était indéniablement. Haine et jalousie, associées à une volonté de fer, sont des forces implacables.

Mais je ne fus au départ au courant de rien, Lawrence n'évoquant la jeune femme devant moi que brièvement, et souvent indirectement. Sans compter que j'étais à mon tour possédée par une unique obsession – l'amour tout aussi puissant et déterminé que je lui portais.

Mon temps et mon énergie, je les vouais entièrement à Lawrence et à notre mariage à venir. Ce qui en soi n'avait rien d'exceptionnel. J'étais une jeune femme tout sauf exceptionnelle, vous savez. Deux choses se produisirent au cours des semaines précédant notre mariage. Tout d'abord, je reçus une lettre anonyme. Je n'avais à l'époque aucune idée de qui pouvait en être l'expéditeur. Cette missive était venimeuse. À mon égard comme à celui de Lawrence. Elle portait le venin de l'amertume et de la vengeance. La lettre contenait aussi une menace : celle de détruire notre avenir. De nous apporter souffrance, tourment et perte irréparable. J'étais terrifiée. Jamais au cours de ma courte et heureuse existence je n'avais rencontré la haine, et la voilà qui surgissait dirigée contre moi, qui plus est mêlée au désir – que dis-je, à la détermination – de faire le mal. Plusieurs jours durant je laissai la lettre enfermée dans le tiroir de mon secrétaire. On eût dit qu'elle en brûlait le bois. C'était comme si tous mes sens éprouvaient la haine qui en émanait quand je m'en approchais, si bien que je finis par la déchiqueter en mille morceaux que je jetai au feu. Puis je tentai de la sortir de mon esprit.

Le mariage étant prévu pour le mois suivant, les cadeaux commencèrent à affluer au domicile de mes parents – argenterie, porcelaine, etc. –, me fournissant ainsi la plaisante occupation qui consistait à défaire les paquets, à admirer chacun des présents, puis à rédiger de courts mots de remerciements. Et un jour – je m'en souviens comme si c'était hier –, joint à un ravissant ensemble de tablettes anciennes et repose-pieds, arriva un tableau. Il était accompagné d'une carte, qui donnait le nom du peintre, ainsi qu'une date, 1797. On y lisait aussi un message: «Aux jeunes mariés. Que s'achève ce qui a été commencé», rédigé de la même écriture que la lettre maléfique.

Je détestai le tableau au premier regard. Tout d'abord, il était envoyé par une personne malintentionnée. Celle-là même qui m'avait adressé la lettre anonyme pour nous porter malheur. Mais ce n'était pas tout. Sans connaître grand-chose en matière d'art, j'avais grandi entourée d'œuvres plaisantes qui nous venaient de ma famille maternelle, de charmantes scènes pastorales anglaises, des natures mortes aux motifs floraux et fruitiers, bref, des pièces innocentes et gaies. Cette toile au contraire était sombre, sinistre. Eussé-je alors connu les mots « corrompu » et « décadent », je les aurais employés pour la décrire. À la vue des visages de tous ces personnages, en examinant les yeux dissimulés derrière les masques, les curieux sourires, les silhouettes suggérées dans les encadrements de fenêtres ou la pénombre, je frémis. Un malaise m'envahit, et je pris peur.

Pourtant, en découvrant le tableau, Lawrence ne tarit pas d'éloges à son propos. Il le trouvait intéressant. Quand il me demanda qui l'avait envoyé, je lui mentis en disant que j'avais égaré la carte dans le fatras des emballages. Je ne pouvais décemment pas lui faire part des sentiments que m'inspirait la toile : ils étaient si incongrus, si différents de tout ce que j'avais ressenti jusque-là, que jamais je n'aurais trouvé les mots adéquats pour les exprimer précisément. Sans compter que je redoutais de me ridiculiser. Deux secrets, donc.

Pas vraiment la meilleure façon de commencer un mariage, me direz-vous. Mais qu'aurais-je pu faire d'autre ?

Ayant bénéficié d'une enfance heureuse et protégée, je n'avais ni l'expérience du monde ni celle de l'altérité. Ce n'est donc qu'un jour ou deux avant le mariage que je compris qui avait envoyé la lettre anonyme ainsi que le tableau, quand je tombai par hasard sur une enveloppe adressée à Lawrence où je reconnus la même écriture. Je lui demandai qui la lui avait envoyée, et il me répondit bien sûr qu'il s'agissait de la jeune femme qu'il avait failli épouser. Je me souviens encore du ton qu'il avait adopté, auquel je devinais qu'il me dissimulait quelque chose et qu'il s'efforçait de ne pas faire grand cas de cette lettre. Elle contenait une information qu'il lui avait demandée plusieurs mois plus tôt, me dit-il avant de changer de sujet. Je ne craignais pas qu'il pût encore avoir des sentiments pour elle. Non, mon inquiétude venait de ce que je compris aussitôt qu'il avait lui aussi reçu une lettre haineuse et malveillante, qu'il voulait me protéger, et que cette femme était l'expéditrice du tableau. Je ne lui posai aucune question. C'eût été inutile. Mais, après être arrivée à ces conclusions, j'avais encore plus peur. Mais de quoi au juste ? Certes, je détestais le tableau – je le trouvais si repoussant que je frémissais à sa simple vue. Mais ce n'était qu'un tableau. Nous pouvions très bien l'accrocher dans un coin inutilisé de notre maison, voire ne pas le déballer et le mettre de côté.

Notre mariage fut l'occasion d'une belle cérémonie. Parents et amis, tout le monde était heureux. Nous aussi. Une seule personne ne partageait pas ce bonheur, mais bien entendu elle n'avait pas été de la fête, et ce jour-là personne n'était plus éloigné de nos préoccupations.

Je fis en sorte de chasser de mon esprit les incidents récents et le tableau, et nous entamâmes notre vie maritale. Six semaines après le mariage, le père de Lawrence, le comte d'Hawdon, mourut subitement. Lawrence étant son fils aîné, je me retrouvai, à vingt et un ans à peine, maîtresse de maison d'une imposante demeure tandis que mon époux était propulsé à la tête d'un immense domaine. Après une brève lune de miel sur la côte sud de l'Angleterre, nous avions projeté de partir pour un plus long voyage au printemps suivant. Il était désormais probable que nous ne le ferions jamais.

Comme je vous l'ai dit, mon beau-père était décédé subitement – sa mort avait été aussi subite qu'inattendue : sa santé était excellente, et c'était un homme énergique. On l'avait retrouvé mort à son bureau, un soir après le dîner. Crise cardiaque. Bien sûr, nous crûmes le corps médical. Comme il se doit. Pour quel motif aurions-nous dû douter de leur parole ?

Je dois maintenant vous dire une chose dont je m'attends à ce que vous ne la croyiez pas. Tout du moins dans un premier temps. Je vous demanderai de bien vouloir vous diriger vers le secrétaire situé dans le coin de cette pièce, où vous observerez la photographie sous cadre qui s'y trouve posée.

*

Je traversai la pièce sur toute sa longueur, m'éloignant de la comtesse, silhouette chétive et spectrale, recroquevillée sur sa chaise dans le halo lumineux. Je me trouvais désormais dans la pénombre mais j'aperçus une lampe sur le secrétaire, que j'allumai. Ce faisant, je retins mon souffle.

Je vis une photographie dans un cadre argenté. Elle représentait un homme d'âge mûr, assis à ce même secrétaire et à demi tourné vers l'objectif. Ses mains reposaient sur le sous-main que j'avais devant moi. Il avait le front haut, les cheveux fournis, les lèvres charnues et les paupières lourdes. D'aspect avenant et séduisant, son visage affichait une vraie force de caractère. Mais si ce visage me paralysait, c'est parce que je le connaissais. Je l'avais déjà vu, et à de nombreuses reprises.

J'avais vécu en compagnie de ce visage.

Je me retournai vers la vieille dame, qui était toujours assise, les yeux clos.

Alors elle prononça ces mots, qui me firent sursauter :

— Maintenant, vous voyez.

J'avais la gorge sèche et dus m'y reprendre à deux fois avant de pouvoir lui répondre, et encore ma propre voix me parut-elle étrange et inhabituelle :

— Je vois, mais je ne saurais dire avec exactitude ce que je suis censé voir.

Et pourtant je le savais parfaitement. Tout en disant cela, je le savais, bien sûr. Je l'avais su au moment même où j'avais posé les yeux sur la photographie. Et pourtant… Je ne comprenais pas.

Je regagnai la chaise que j'avais occupée, face à la comtesse.

— Je vous en prie, resservez-vous.

J'obtempérai de bonne grâce. Après avoir avalé un premier whisky et m'en être servi un deuxième, je répondis :

— En vérité, j'avoue ne pas comprendre, mais il faut croire qu'il s'agit d'un canular…

Il est impossible que le tableau ait été réalisé à la date que nous pensions. Y aurait-il une astuce, ou quelque trucage ? J'espère que vous allez me donner une explication.

J'avais dit ces mots sur un ton faussement amusé, d'une voix trop forte. Alors que mes paroles tombaient dans le vide silencieux qui nous séparait, je me sentis soudain stupide. Quelle que fût l'explication, il n'y avait pas là matière à plaisanterie.

La comtesse me toisa avec dédain.

— Il n'est question ni d'erreur, ni de canular. Et vous le savez fort bien.

— En effet.

Il y eut un nouveau silence. Je me demandais comment cette grande demeure pouvait être aussi silencieuse. D'après mon expérience, les vieilles maisons ne le sont jamais, car elles parlent, abritent des mouvements, des chuchotements, des bruits de pas : elles ont leur vie propre. Mais cette maison n'en avait aucune.

*

Rien ne se produisit immédiatement. Après la mort de mon beau-père, il nous fallut régler les formalités habituelles faisant suite à un décès – et mon mari se retrouva immergé dans une nouvelle vie, totalement différente, aux multiples responsabilités. Avant même d'emménager dans la petite maison située tout au fond du domaine où il était prévu que nous nous installions après notre mariage, nous étions déjà obligés de prendre possession de cette demeure, une semaine seulement après notre arrivée. Nous venions à peine de déballer nos cadeaux de mariage, et la plupart ne trouvaient aucune place ici. Lawrence et sa mère, bien sûr sous le choc, étaient toujours en grand deuil. J'étais quant à moi certes triste, mais n'avais que peu connu mon beau-père. J'errais dans ces lieux immenses comme une âme en peine, m'efforçant tout à la fois de repérer chaque pièce, de me trouver un rôle, et de ne pas gêner les allées et venues des uns et des autres. C'est au cours de ces pérégrinations, une semaine après notre emménagement, que je finis par tomber sur la scène vénitienne. Elle avait été placée, ainsi que d'autres objets, dans un des petits salons rarement utilisés du premier étage. La pièce sentait l'humidité et paraissait vide et inusitée. Les rideaux tombaient lourdement, le mobilier était dépareillé.

Appuyé contre une bibliothèque à moitié vide, le tableau apparut en face de moi dès que j'entrai dans la pièce. Et… et j'eus le sentiment qu'il m'attirait à lui, que chacun des visages qu'il contenait me scrutait. Je ne saurais mieux dire. Chaque visage, sans exception. J'aurais voulu quitter la pièce sur-le-champ, mais j'en étais incapable ; je me sentais happée par la toile, comme si chacun des personnages qui y figuraient avait la force de tendre les bras pour m'attirer vers lui. À mon approche, certains visages s'estompaient, d'autres disparaissaient et se fondaient dans la pénombre. Mais un visage parmi eux restait immobile, posté à une fenêtre. Un des *palazzi* avait deux de ses fenêtres allumées, volets ouverts, et un balcon qui surplombait le Grand Canal. Dans l'une des deux pièces éclairées, le regard tourné vers l'extérieur comme s'il eût désespérément cherché à s'échapper, prêt à se jeter par-dessus le balcon pour prendre la fuite par les eaux, il y avait un homme qui me faisait face. Son corps n'était pas rendu avec précision – les vêtements semblaient avoir été esquissés à la hâte, après coup. Mais son visage… Ce visage était celui de mon beau-père, dont la mort récente avait été si soudaine. C'était son parfait sosie, si ce n'était l'expression de son visage, que je ne lui avais jamais vue, et où se mêlaient effroi, désespoir, et… épouvante ? Oui, épouvante était bien le mot. J'étais sûre non seulement de n'avoir jamais jusque-là remarqué son sosie dans le tableau, mais aussi, et sans aucune hésitation possible, qu'il ne s'y était jamais trouvé.

Je vous laisse imaginer la scène, monsieur Parmitter. Toute jeune femme que j'étais alors, j'avais pourtant déjà vécu de grands bouleversements au cours de ma courte vie. Après avoir rencontré pour la première fois la haine et la jalousie portées à leur paroxysme ; après avoir côtoyé la mort – pour la première fois également –, je me retrouvais maintenant seule dans une pièce isolée d'une demeure qui était certes devenue la mienne mais où je me sentais encore comme une étrangère. Et j'étais nez à nez avec le visage terrorisé de feu mon beau-père, prisonnier d'un tableau. Prise de nausée, je me sentis défaillir. Je me souviens de m'être agrippée à une chaise tandis que le sol se dérobait sous mes jambes. Que devais-je faire ? Comment aurais-je pu montrer la toile à mon mari ? Comment pouvais-je soudain lui révéler ce que j'avais jusque-là dissimulé ? Nous n'étions que deux à être au courant : moi-même et cette femme, Clarissa Vigo. Je me trouvais en présence d'un problème que je ne comprenais pas, et auquel je n'étais pas à même de faire face.

Je n'osais toucher le tableau, ou alors c'eût été pour le décrocher et le poser face au mur, ou bien pour monter le camoufler dans un grenier peu accessible des combles. Cela dit, je supposais qu'il y avait peu de monde pour s'aventurer dans cette petite pièce qui sentait le renfermé. En sortant, je découvris que la clé avait été laissée dans la serrure, et je choisis de verrouiller la porte puis de glisser la clé dans ma poche. Je la rangeai par la suite dans un tiroir de ma coiffeuse.

Les semaines suivantes, éreintantes, furent si chargées que je n'eus guère le temps de penser au tableau, si ce n'est à l'occasion de cauchemars occasionnels. J'évitais cependant soigneusement d'emprunter le couloir qui menait au petit salon, même au prix de longs détours. En plein deuil, ma belle-mère était plongée dans un grand désarroi et il me fallut passer beaucoup de temps à ses côtés tandis que Lawrence s'affairait bien sûr du matin jusqu'au soir pour reprendre les rênes du domaine. C'était une femme douce mais peu expansive, et je me souviens surtout des longues heures que je passai dans cette même pièce ou dans son boudoir à tourner les pages de livres que je ne parvenais jamais à lire ou à feuilleter des magazines de jardinage, tandis que de son côté, un ouvrage au crochet sur les genoux, ma belle-mère restait assise les mains immobiles et le regard perdu dans le vide. Je portais en moi pendant tout ce temps un effroyable et dérangeant secret.

J'ignorais jusqu'alors que lorsqu'une chose est sue, on ne se défait plus de ce savoir. Je l'avais désormais – et ô combien – compris.

Je maigrissais à vue d'œil et Lawrence releva une ou deux fois ma pâleur ou ma fatigue apparente. Jusqu'au jour où il m'annonça qu'il souhaitait que nous partions tous les deux en voyage, quand bien même ce ne pourrait être que pour dix jours au maximum, et que nous traverserions la France et l'Italie pour séjourner à Venise. Il était si content, si désireux de me voir heureuse et bien portante. Cette perspective aurait dû me réjouir : c'est à peine si nous avions passé du temps ensemble jusqu'à maintenant et je n'avais jamais voyagé. Mais quand j'appris que nous devions nous rendre à Venise, une sensation terrible m'étreignit : on eût dit qu'une main avait serré mon cœur si fort que je ne parvenais plus à respirer.

Je n'osai pourtant rien dire, ni ne pouvais faire quoi que ce soit. Il ne me restait qu'à endurer en silence.

Une chose encore survint avant notre départ. Nous avions été invités à dîner par un voisin en compagnie de nombreux convives. Alors que nous venions de nous installer à table, je m'aperçus que devant moi, à l'exact opposé de la table si bien que je ne pouvais éviter de croiser son regard, était assise Clarissa Vigo. Je ne pense pas vous avoir précisé qu'elle était d'une très grande beauté. Très élégante aussi. Quant à moi, ayant peu d'imagination en matière de toilettes et n'aimant guère me faire remarquer, j'étais vêtue fort simplement, ce qui était du goût de Lawrence. Clarissa, elle, sortait du rang, et je ressentis face à elle un sentiment d'infériorité mêlé de terreur. Ses yeux cherchaient sans cesse les miens au travers des fleurs et de l'argenterie, et je sentais qu'elle me mettait au défi de croiser son regard. Je tremblais quand cela se produisait. Jamais je n'ai depuis rencontré une telle haine, une telle malveillance. Je tentais de l'ignorer, le nez dans mon assiette ou en parlant à mes voisins de table, mais elle était là à m'épier, pleine de rancune et forte de son redoutable ascendant. Elle avait parfaitement conscience de son emprise sur moi, sur nous. J'en fus malade de peur ce soir-là.

Mais cela ne dura pas. Elle ne m'adressa pas la parole. C'en était fini.

Une semaine plus tard, nous entamions notre voyage pour l'Europe.

Je vous épargnerai les détails de notre périple à travers la France et le nord de l'Italie. Nous étions heureux, enfin réunis, et le poids des épreuves et des obligations des derniers mois s'estompait. Nous pouvions désormais feindre l'insouciance d'un couple de jeunes mariés. Je sentais cependant une ombre peser sur moi, et, sans rien renier de mon bonheur, je redoutais notre arrivée à Venise, et ce qui pouvait s'y produire. À plusieurs reprises, je tâchai fermement de me convaincre que ces craintes étaient infondées et que Clarissa Vigo n'avait aucun pouvoir sur nous.

Monsieur Parmitter, j'ai entendu dire qu'il suffit d'une seule visite à Venise pour en tomber amoureux, que la cité des Doges envoûte tous ceux qui s'y rendent. Même s'il était prévisible que je ne m'y trouve jamais heureuse, à cause du tableau et de ce que j'y avais découvert, j'étais cependant stupéfaite de voir à quel point je détestai cette ville à l'instant même où nous y arrivâmes. J'avais beau m'émerveiller devant les édifices, les canaux, le lagon, Venise me répugnait. Elle m'apparaissait comme une ville de débauche et d'excès, pleine d'artificialité, de recoins obscurs et nauséabonds. Je me retournais sans cesse. Je voyais en tout une menace ou un mauvais présage, et je sentais bien qu'un abîme infranchissable s'était ouvert entre Lawrence et moi. Car mon mari adorait cette ville. Il me disait que jamais il n'avait été aussi heureux.

Je me contentai de le suivre en souriant, sans mot dire. Les jours passaient très lentement, et à chaque instant je redoutais qu'il n'arrive quelque chose. L'amour que je portais à mon si cher mari s'était mué en désir forcené et possessif de conserver ce qui était mien. Je ne le quittais pas des yeux et, même quand il restait dans mon champ de vision, je le couvais du regard de peur de l'oublier. Cela doit vous paraître bien étrange, et pourtant c'est la vérité. J'étais hantée par la peur.

Notre séjour devait durer cinq nuits et le coup tomba au cours de la troisième. Je m'étais endormie en plein après-midi. Je trouvais Venise harassante et mon angoisse n'arrangeait rien. Je ne pus lutter contre la fatigue et, pendant mon sommeil, Lawrence sortit se promener. Il aimait s'adonner au simple plaisir d'errer de place en place et de pont en pont, curieux de tout, profitant de chaque instant. À mon réveil, je le trouvai à côté de moi, radieux. Il était tombé par hasard sur des amis, me dit-il, ajoutant qu'il trouvait la coïncidence incroyable, sauf que l'on finit toujours par croiser une connaissance à Venise. Les gens en question passaient plusieurs mois par an ici et possédaient un *palazzo* sur le Grand Canal. Un mini-carnaval y serait donné le lendemain soir, assorti d'un bal masqué. Ils avaient prévu de s'y rendre, accompagnés de tout un groupe, et il était convenu que nous nous joignions à eux. Nous passerions voir un costumier et louerions déguisements et masques. Le rendez-vous était prévu une heure plus tard.

Comment vous décrire cet endroit sordide? Il s'agissait d'une échoppe étroite et sombre, toute en longueur, qui donnait sur l'une des innombrables ruelles de la cité. Les murs étaient recouverts de costumes, masques et chapeaux qui, m'assura-t-on, faisaient partie de la tradition des carnavals et bals de Venise depuis plusieurs siècles, sans qu'aucun d'eux m'apparût plaisant, élégant, ni même amusant. Au contraire, je les trouvais tous sans exception sinistres et inquiétants. On pouvait se transformer en Juif éploré, satyre ou boucher, se convertir en roi muni de son sceptre ou en montreur de singe, se costumer en paysanne accompagnée de son bébé, en brigand, en saltimbanque sur échasses, ou encore se déguiser en Pantalon, Pulcinello, ou médecin de l'époque de la peste. En tant que femme, le choix était plus limité. Lawrence eût souhaité me voir porter un costume en soie, dentelle et taffetas assorti d'un masque richement orné de pierres, mais j'avais préféré prendre la tenue de la paysanne portant son bébé dans un panier: l'idée de porter quelque chose de plus élaboré m'était insupportable, même si je dus tout de même prendre un masque monté sur son bâton enrubanné. Lawrence se choisit une longue cape noire avec tricorne, un masque également noir recouvert de boutons de nacre, ainsi que des bottes hautes et brillantes. Il était tout excité, comme un enfant se rendant à une fête. J'étais quant à moi mortifiée, incapable de contrôler les crises de tremblements qui me prenaient de façon imprévisible, et je vis que mon visage était d'une pâleur cadavérique. Je priais pour que tout cela finît au plus tôt, car je sentais confusément que, une fois cette corvée passée, l'indéfinissable danger que je redoutais tant s'envolerait lui aussi.

Il faisait chaud ce soir-là et j'étais très incommodée par les relents fétides des canaux, dont les eaux saumâtres me semblaient souillées par toute la crasse de la cité. À cela s'ajoutaient les exhalaisons d'huile et de fumée émanant des torches, celles de la nourriture vendue par les colporteurs, et les odeurs de viande grillée et d'épices inconnues. La salle de bal du *palazzo* était bondée et pleine de vacarme, et je trouvais dérangeant de ne pas pouvoir distinguer les visages, ni savoir si les gens étaient vieux ou jeunes, hommes ou femmes. Mais on y distribuait bonne chère et bons vins, et je retrouvai un peu de vigueur en dégustant fruits et sucreries ainsi qu'un peu de vin pétillant. Puis je dansai avec Lawrence et, sans aller jusqu'à dire que la soirée fut plaisante, elle me parut en tout cas moins effrayante que je ne l'avais imaginée. Le temps passa.

Je commençais presque à m'amuser et à me détendre quand il fut annoncé que nous allions quitter le palais et sortir dans les rues pour défiler de place en place à la lueur des torches. Les habitants nous regarderaient de leurs balcons, les passants se joindraient à nous, la fête investirait progressivement la ville entière. C'était apparemment chose courante. Et attendue. S'ensuivit alors un véritable exode, et dans la confusion générale je fus séparée de mon mari. Ballottée en tous sens entre un Pulcinello, un curé et une vieille sorcière, je suivis le mouvement de foule qui affluait vers le grand escalier avant de nous faire sortir au compte-gouttes. Les torches flamboyaient. Je les vois encore, orange et fumantes sur fond de ciel nocturne. Vous imaginez la scène, monsieur Parmitter. Vous l'avez suffisamment vue. Les reflets qui dansent à la surface des eaux sombres. Les gondoles en attente. La foule qui se presse. Les masques. Les yeux brillants. Les lumières sur la façade des édifices bordant le Grand Canal. Vous avez déjà vu tout cela.

Ce qui se produisit ensuite, j'ai toujours grand-peine à le croire ou à le raconter. Peut-être cela vous laissera-t-il incrédule, comme le serait toute personne sensée. Moi-même je me refusais à le croire. Et je ne le crois toujours pas. Et pourtant je sais que c'est vrai.

Nous nous trouvions à l'extérieur du *palazzo*, sur l'embarcadère. Une partie de la foule était déjà dans les rues, de ce côté-ci du canal – la rumeur des cris et des rires parvenait jusqu'à nous. Les curieux commençaient à se pencher à leurs balcons pour profiter du spectacle. Amarrées en file indienne, les gondoles attendaient de nous embarquer sur le canal pour nous emmener de l'autre côté, près du pont du Rialto... Par moments, elles s'entrechoquaient, tanguaient, et les reflets tremblés de leurs torches dans les eaux tourbillonnantes du canal me soulevaient le cœur. Je me tenais à un ou deux mètres de Lawrence quand j'entendis soudain qu'on m'appelait. Je tournai la tête. Il est étrange que j'aie réagi alors même que c'était mon nom de jeune fille qu'on avait prononcé. Qui pouvait connaître ici mon ancien nom ? La voix venait de derrière moi, mais, en me retournant, je ne vis personne de ma connaissance – tout le monde ne portait plus son masque, mais chaque visage demeurait, à sa manière, inquiétant.

C'est alors qu'il me sembla distinguer non le visage, mais seulement les yeux, d'une personne de ma connaissance. Les yeux de Clarissa Vigo, qui me dévisageaient à travers un masque de soie blanche à paillettes argentées et surmonté d'un grand panache de plumes blanches. Comment le savais-je ? Je le savais. C'est tout.

Je tentai de fendre la foule pour me rapprocher d'elle, mais quelqu'un fut projeté sur moi et je dus me déporter pour ne pas être renversée. Quand je relevai les yeux, la femme au masque blanc avait disparu.

Les gondoliers aboyaient, l'eau éclaboussait le bois de l'embarcadère, et quelqu'un essaya de m'entraîner à bord. Il était bien sûr hors de question que je monte seule sur une des gondoles ; je ne partirais qu'en compagnie de mon mari – à choisir, je me serais bien dispensée d'avoir à naviguer sur ces eaux noires et sinistres. Je reculai et partis à la recherche de Lawrence. Après avoir longé le bâtiment, j'empruntai un pont étroit qui débouchait sur une place. Mais la troupe avait continué son chemin et je ne l'entendais plus. L'obscurité sur la place pavée était presque totale. Je rebroussai chemin, prise de panique. Lawrence ne se trouvait pas sur l'embarcadère, et j'étais absolument certaine qu'il n'aurait jamais traversé le pont sans moi. Je décidai de retourner à l'intérieur du *palazzo* et de l'y chercher. Un élan de peur me saisit. J'avais vu la femme ; je l'avais entendue murmurer mon nom. Cette soirée, cette ville, je les avais tant redoutées… J'étais maintenant épouvantée.

Mais, à l'instant où j'allais me diriger vers les portes ouvertes du *palazzo*, j'entendis de l'agitation derrière moi, suivie d'un cri. C'était mon mari, et ce cri m'était destiné, mais jamais auparavant je n'avais entendu un tel ton dans sa voix. C'était un cri de peur, que dis-je, de terreur, d'épouvante. J'accélérai le pas et parvins à l'embarcadère. La dernière gondole s'éloignait, pleine de convives. Je tentai d'y déceler la présence de mon mari mais personne ne portait son costume. La plupart des gens étaient maintenant partis. Quelques-uns restaient au bord de l'eau, sans vraiment savoir s'il arriverait une autre gondole ni même s'ils avaient l'intention d'embarquer le cas échéant. Je regagnai le *palazzo*. Les pièces d'apparat étaient maintenant désertes à l'exception de quelques domestiques qui nettoyaient les dernières traces de la fête. Je ne parlais pas l'italien, mais demandai tout de même à plusieurs d'entre eux s'ils avaient vu mon mari. Ils me répondirent par des sourires ou en parlant avec les mains, mais aucun ne me comprenait. Il n'y avait plus personne. Je récupérai ma cape et sortis. Passant de place en place jusqu'à la *piazza* principale, je courus en tous sens telle une bête aux abois en appelant Lawrence. Il n'y avait pas âme qui vive.

À mon approche, un mendiant allongé dans une ruelle vociféra quelques mots, suivi d'un chien qui aboya puis montra les crocs. Mon affolement était à son comble à mon arrivée à l'hôtel, et pourtant je restais convaincue qu'il existait une explication innocente, que Lawrence serait ici, à m'attendre. Mais ce n'était pas le cas. Je réveillai tout l'hôtel et sombrai dans un tel désarroi que, après m'avoir fait boire quelques gouttes d'eau-de-vie, le directeur crut bon d'appeler la police.

On ne retrouva jamais Lawrence. Je prolongeai mon séjour à Venise de seize jours après notre date de départ prévue. La police le chercha sans relâche mais l'enquête ne donna rien. Personne ne l'avait vu, ni n'avait entendu le cri que j'avais cru percevoir. Personne ne se souvenait de rien. On en conclut à une chute accidentelle dans le canal et à une noyade. Mais son corps ne fut jamais repêché. Il avait tout simplement disparu.

Je regagnai l'Angleterre pour retrouver cette immense demeure vide et endeuillée qu'était devenu mon nouveau foyer. Mon désespoir était tel que je tombai malade, et pendant deux ou trois semaines les médecins craignirent pour ma vie. Parmi les rares souvenirs qu'il me reste de cette terrible période, je me rappelle avoir entendu mon mari m'appeler au secours au milieu d'un rêve fébrile, comme s'il avait été tout proche et qu'il m'eût suffi de tendre la main pour le sauver. À cette époque, une intuition venait régulièrement effleurer ma conscience pour aussitôt se dérober, comme c'est le cas lorsqu'un nom vous échappe. Alors même que j'étais en plein délire ou en proie aux cauchemars les plus abominables, cette information diffuse que je ne parvenais pas à identifier était pourtant là, presque à ma portée.

Je me rétablis lentement. On m'autorisa d'abord à me redresser dans mon lit, puis à me faire conduire au jardin d'hiver où je pouvais profiter du soleil l'après-midi. Je demandais encore et toujours des nouvelles de Lawrence. En vain. Ma belle-mère sombra dans une profonde dépression et se mura dans le silence. Je la voyais très rarement.

Je commençais à reprendre des forces quand je découvris que j'attendais un enfant. Mon mari étant le dernier de sa lignée, le titre se serait éteint avec sa mort – s'il s'avérait qu'il était bien mort. Mais si je donnais naissance à un fils, titre, domaine et demeure étaient protégés. Et j'avais retrouvé une raison de vivre. Ma belle-mère aussi reprit courage.

L'emprise des cauchemars diminua, cédant la place à des rêves étranges où les angoisses n'étaient plus qu'intermittentes. Mais, une nuit, je me réveillai en sursaut : l'intuition insaisissable que j'avais confusément à l'esprit venait de se faire jour. Il ne s'agissait ni d'une pensée ni d'un nom, mais d'une image. Et, quand je la reconnus, mon sang se figea. J'avais peine à bouger mes doigts transis, mais je parvins tout de même à passer ma robe de chambre et à récupérer la clé dans ma coiffeuse. Puis je parcourus en silence les longs couloirs obscurs de la maison. Les portraits et scènes de chasse paraissaient s'approcher de moi. La lampe torche que j'avais prise avec moi – autant pour éviter d'avoir à allumer la moindre lampe que parce que j'ignorais où se trouvaient la plupart des interrupteurs – révélait le contenu hétéroclite des différents cabinets de curiosités que comptait la maison : pierres aux formes inédites ; papillons et oiseaux empaillés ; objets en bronze, ossements et plumes ; et même de minuscules crânes. La famille de Lawrence ayant compté nombre de voyageurs et de collectionneurs, toutes leurs trouvailles finissaient à Hawdon, où elles étaient dûment exposées. Je me demandai furtivement comment réagirait un jeune enfant à la vue de ces horreurs poussiéreuses. Au fur et à mesure de ma progression dans cette aile peu usitée de la maison, l'image se faisait plus nette dans mon esprit. Gagnée par la nausée, la fatigue mais aussi la peur, je n'avais pourtant pas d'autre choix que de percer à jour cette terrible incertitude.

Il n'y avait aucun bruit. Mes pieds chaussés de pantoufles ne semblaient pas laisser la moindre empreinte sur le long tapis qui courait au milieu du couloir. J'avais le sentiment d'être surveillée. Je ne me sentais pas suivie mais plutôt accompagnée, comme si quelqu'un marchait à mes côtés pour m'empêcher de flancher et de faire demi-tour. Oh, quel trajet éprouvant ce fut ! Je frémis en me le remémorant, ce qui m'arrive encore si souvent.

Arrivée devant la porte du petit salon, je tournai la clé dans la serrure et pénétrai dans la pièce. Y flottait l'odeur du vieux mobilier et des tissus anciens enfermés là sans air frais ni lumière. Pour rien au monde je n'aurais voulu me retrouver ici à la seule lueur de ma torche et, quand j'eus trouvé l'interrupteur, la pièce fut baignée par la faible luminosité des deux lampes. Et le tableau s'offrit à nouveau à ma vue. En le voyant, je compris qu'à l'odeur de renfermé qui flottait dans le boudoir s'en mêlait une autre, bien distincte, et plus âcre encore. Quelques instants me suffirent pour reconnaître l'odeur de la peinture fraîche. J'observai attentivement la pièce. Peut-être était-elle encore utilisée, à moins qu'un domestique n'y fût venu réparer ou repeindre quelque chose, même si je ne voyais rien qui l'indiquât. Aucune trace non plus d'un quelconque matériel de peinture, pinceau ou autre.

Je retrouvai le tableau tel que je l'avais laissé, la toile retournée contre le mur, et restai paralysée et tremblante pendant de longues minutes. Mon cœur battait à tout rompre. Je savais pourtant que mon apaisement ne dépendait que d'une chose : il me fallait coûte que coûte acquérir la certitude que j'étais sous l'emprise d'hallucinations causées conjointement par ma maladie récente et par les terribles épreuves que j'avais endurées.

Profitant d'un soudain regain de courage, je saisis le tableau et le retournai pour l'examiner avec attention.

Au premier abord, je ne remarquai aucun changement. Mais me revinrent alors brusquement à la mémoire cette horrible nuit, ainsi que les masques, les costumes, le bruit, les odeurs, la lueur des torches et la disparition de mon mari dans la foule. Certains masques ou costumes m'étaient familiers, ce qui n'avait rien d'étonnant puisqu'il s'agissait de déguisements utilisés depuis des siècles à Venise pour de telles occasions.

Et subitement, dissimulée parmi la foule dans un coin du tableau, j'aperçus une tête portant un masque blanc à plumes blanches, et je reconnus les yeux de Clarissa Vigo. Ces yeux achevèrent de me convaincre que je n'inventais rien. C'étaient les mêmes yeux perçants, brillants, maléfiques et haineux, où s'ajoutait maintenant une atroce jubilation. Ils semblaient me dévisager, mais aussi m'indiquer autre chose. Comment des yeux pouvaient-ils regarder en deux endroits à la fois ? – moi, et…

Je regardai dans la direction qu'ils m'indiquaient, et je le vis.

Debout à l'arrière d'une gondole, un homme portait cape et tricorne noirs. Il était encadré par deux autres personnages, aux masques richement ornés. Le premier avait une main posée sur lui, tandis que le second paraissait le pousser en avant. L'eau noirâtre était agitée aux abords de l'embarcation. L'homme avait le visage tourné vers moi, et ce que je lisais dans ses yeux était terrible à voir : c'était l'expression d'une terreur infinie. Me suppliant de venir à son secours, il essayait de s'échapper et cherchait désespérément à se libérer des deux individus pour s'enfuir de la gondole.

Aucun doute possible, c'était bien là le portrait de mon mari, et la dernière fois que j'avais vu la scène vénitienne, il ne s'y trouvait pas – j'en avais la certitude absolue. Mon mari était ainsi devenu un personnage enfermé dans un tableau peint deux cents ans plus tôt. J'effleurai la toile. Elle était désormais parfaitement sèche. Rien ne pouvait laisser penser que l'on venait d'y ajouter ou d'en modifier un élément, et je ne sentais plus du tout cette odeur âcre de peinture à huile qui m'avait parue si forte un instant plus tôt.

Le choc fut tel que je me sentis défaillir et dus m'asseoir dans la pénombre. Sans pouvoir expliquer ce qui s'était passé, je savais néanmoins que c'était l'œuvre d'une force maléfique, dont je connaissais la source. C'était pourtant impensable. Ça l'est toujours aujourd'hui.

Une chose était sûre cependant, et j'en étais presque soulagée : Lawrence était mort – qu'il fût « enterré vivant » dans ce tableau ou gisant dans les profondeurs du Grand Canal, il était mort. J'avais jusque-là nourri l'espoir insensé de recevoir un jour un message m'annonçant qu'on l'avait retrouvé vivant. Je savais désormais que ce message n'arriverait jamais.

Je n'ai guère de souvenirs de ce qui suivit. J'ai dû regagner ma chambre et m'endormir. À mon réveil le lendemain matin, l'image du tableau occupant mes premières pensées, je trouvai la force de retourner le voir. Rien n'avait changé. Dans le peu de lumière qui filtrait entre les lourdes tentures à travers les barreaux des fenêtres du salon donnant sur une cour intérieure, je trouvai le tableau où je l'avais laissé la veille et vis à nouveau le visage de mon mari qui me regardait en me suppliant de l'aider.

*

Elle resta silencieuse un long moment, probablement épuisée par son long récit. Nous restâmes assis en face l'un de l'autre sans parler, mais je sentais entre nous une compréhension mutuelle et il me tardait de pouvoir lui confier ce que j'avais moi-même vécu en présence de la scène vénitienne, et comment elle m'avait si souvent troublée.

J'allais me lever pour regagner ma chambre, songeant qu'il était peut-être préférable de remettre la suite de notre conversation au lendemain pour laisser à mon hôtesse le temps de se reposer, quand je vis ses yeux bleus s'ouvrir pour me fixer.

— Il me faut ce tableau, dit la comtesse avec une telle violence et un tel désespoir dans la voix que je tressaillis.

— Je ne comprends pas, répondis-je, comment se fait-il que vous ayez été dépossédée de ce tableau et qu'il ait fini en ma possession ?

Son visage ridé se froissa et des larmes coulèrent, adoucissant le bleu électrique de ses yeux.

— La fatigue me gagne, dit-elle. Je vous prie de bien vouloir patienter jusqu'à demain. Je ne pense pas avoir la force de vous en dire davantage ce soir à propos de cette terrible histoire. Une seule chose m'encourage : la certitude que tout cela sera bientôt terminé, et que je pourrai me reposer. Cela aura été une longue, une très longue recherche. Mais elle arrive bientôt à son terme. Le reste peut bien attendre quelques heures de plus.

Je n'étais pas très sûr d'avoir compris le sens de ces mots, mais étant également d'avis qu'il lui fallait se reposer aussi longtemps qu'elle le souhaiterait, je lui assurai que je me tiendrais à sa disposition le lendemain. Elle me demanda de sonner la cloche pour faire venir Stephens, qui apparut aussitôt pour me guider jusqu'à ma chambre. Je serrai sa main un moment alors qu'elle restait assise dans son grand fauteuil, tel un oiseau, puis, sans réfléchir, la portai à mes lèvres. J'eus l'impression d'effleurer une plume.

Je dormis d'un sommeil agité. Un vent fort faisait grincer les huisseries, et certains épisodes de l'étrange histoire de la comtesse me revenaient à l'esprit, pour lesquels je cherchais en vain une explication rationnelle. Seuls les incidents que j'avais moi-même vécus en présence du tableau m'empêchaient de reléguer cette histoire au rang d'élucubration de vieille dame sénile. Je n'étais pas à l'aise dans cette maison, et le récit de mon hôtesse m'avait profondément perturbé. Je n'ignorais pas le funeste pouvoir de la jalousie, susceptible de nourrir un formidable désir de vengeance. Ce phénomène est rare mais lorsqu'il se produit, et qu'une personne voit son amour outragé et toutes ses espérances compromises au profit d'un ou d'une autre, la rage, l'orgueil et la jalousie sont des forces redoutables pouvant provoquer d'incommensurables dégâts. Qui se risquerait à dire qu'elles n'iraient pas jusqu'à engendrer ces phénomènes surnaturels et maléfiques ?

Mon rôle dans cette affaire restait marginal. Je n'avais donc rien à craindre de cette amoureuse éconduite qui, de toutes les manières, devait être morte depuis longtemps. Et pourtant, au cours de cette longue nuit où je ne cessai de me tourner et de me retourner dans mon lit, j'eus moi aussi le sentiment d'être possédé par une force mystérieuse – je sentais en effet grandir en moi une farouche détermination à conserver la scène vénitienne. Je n'aurais su dire pourquoi je tenais tant à ce tableau. Il avait été pour moi cause d'ennuis et de contrariétés. Or, je n'en avais nul besoin. Pourtant, comme ç'avait été le cas à la salle des ventes le jour où j'avais été abordé par cet individu transpirant et essoufflé qui voulait me le racheter à n'importe quel prix, j'étais à nouveau pris d'un entêtement que je ne me connaissais pas. J'avais alors refusé de lui vendre le tableau, et je refuserais tout autant de le rendre ou le revendre à la comtesse. J'étais presque effrayé par ma propre détermination, qui n'avait aucun sens et semblait s'être emparée de moi par le truchement de quelque force extérieure. Car il ne faisait aucun doute que la comtesse m'avait fait venir ici pour me demander le tableau. Quel autre motif pouvait-il y avoir à son invitation ? Il était peu probable que cela fût pour le simple plaisir de raconter son histoire à un parfait étranger.

Je ne pus la voir que tard dans la matinée le lendemain, et j'occupai mon temps libre par une longue promenade dans le parc de la propriété avant de profiter de l'excellente bibliothèque. Je ne croisai personne, mis à part un ou deux jardiniers et quelques bonnes, ces dernières disparaissant sur mon passage comme autant de souris dans leurs trous. Peu après 11 heures, Stephens apparut à pas très feutrés pour m'informer que le café était servi et que la comtesse m'attendait dans le salon.

Je l'y suivis. C'était une pièce charmante, meublée dans des tons jaunes et verts printaniers, agrémentée de hautes fenêtres donnant sur le jardin et alors traversées par un généreux soleil. Il est extraordinaire de voir comment un simple rayon de soleil suffit à égayer non seulement une pièce, mais aussi votre propre humeur. Fatigue et manque de sommeil s'envolèrent aussitôt et j'eus plaisir à retrouver la comtesse, dont l'aspect était certes toujours aussi fragile, mais qui avait cependant recouvré quelques couleurs et un semblant de vivacité.

Quelques compliments sur la propriété m'avaient servi d'entrée en matière, mais elle m'interrompit tout net.

*

Il ne me reste plus grand-chose à ajouter pour terminer mon récit.

Je donnai naissance à un fils, Henry. La famille de mon mari a pour tradition, depuis des générations, de donner alternativement à ses héritiers mâles les prénoms Lawrence ou Henry. Tout se passa bien. Je m'assurai que la porte du petit salon restait verrouillée, ainsi que le tiroir de ma coiffeuse où j'avais dissimulé la clé, et n'y remis plus les pieds après cette terrible première nuit.

Ma belle-mère vivait ici et mon fils grandit. Je finis par m'habituer à ma situation ainsi qu'à cette propriété – bien entendu, j'adorais mon fils, qui ressemblait à s'y méprendre à son père.

À sa majorité, nous donnâmes une grande fête à laquelle furent conviés voisins, fermiers et personnel. Cet événement traditionnel aurait pu être une belle occasion de réjouissance – n'eût été la venue, accompagnant un invité d'une autre propriété, de cette femme : Clarissa Vigo. Quand mes yeux se portèrent sur elle, je… enfin, je vous laisse imaginer. Mais il faut bien sûr rester courtois. Je ne pouvais décemment pas gâcher le jour le plus important de mon fils unique.

Autant que je me souvienne, rien de fâcheux ne se produisit. La fête se poursuivit et tout le monde en profita pleinement. Mon fils, devenu un beau jeune homme, était fier d'accepter ses nouvelles fonctions.

Mais c'était compter sans les puissantes ressources du Mal. Ce soir-là, Clarissa Vigo me vola mon fils. Littéralement. Elle me le ravit par la force de la persuasion, ou de la séduction, je vous laisse le choix du terme approprié pour décrire ce qui se produisit. Je le perdis, ainsi que tout ce qui avait trait à cette propriété. Il était tombé sous son emprise, sous sa domination ; il l'épousa.

Il est évident qu'elle avait préparé son coup depuis des années. Six mois plus tard, après la mort de ma belle-mère, on me chassa de cette propriété pour me reléguer dans une fermette chichement meublée aux confins de la propriété. À l'exception d'une petite rente héritée de mon mari et qui ne pouvait m'être soustraite, je n'avais plus rien. J'étais bannie de cette maison. Je ne voyais plus mon fils. Quant à son épouse, son règne était total. Commença alors un véritable pillage – objets ou biens qui n'étaient pas à son gré furent enlevés, vendus, jetés ou mis au rebut, et ce sans la moindre protestation de la part de mon fils. Elle se mit à tout régenter. Elle obtenait ainsi ce qu'elle avait voulu et planifié depuis toutes ces années. La scène vénitienne faisait partie des objets dont elle se débarrassa, et je ne sus pas ce qu'elle devint. Du moins pas dans l'immédiat.

La tragédie arriva cinq ans plus tard. Elle et mon fils partirent à la chasse, comme tous les jours ou presque en hiver. Mon mari détestait les sports de plein air et n'avait jamais aimé chasser – c'est à peine s'il autorisait que l'on exterminât les nuisibles du domaine. C'était un vrai gentleman, mais elle avait éliminé toute trace de cette qualité chez mon fils. En ce jour de novembre, alors qu'ils sautaient une clôture dans le bois, son cheval fit une chute qui la tua sur le coup, et dans le fracas qui s'ensuivit percuta un arbre mort qui, se déracinant, tomba en tuant un autre cavalier et blessant mon fils. Il survécut, monsieur

Parmitter. Il survécut, tétraplégique, durant sept ans. Il regretta amèrement ce qu'il avait fait, son mariage en premier lieu, s'affranchit totalement du joug de la défunte et finit par me demander pardon. Je le lui accordai bien sûr sans hésitation et retournai vivre ici pour m'occuper de lui jusqu'à sa mort.

Je mis un point d'honneur à restaurer la maison et tout ce qu'elle contenait dans son état originel, tâchant d'annuler les moindres changements qu'elle avait pu apporter en éliminant notamment une à une les horreurs contemporaines qu'elle avait semées dans toute la maison. Je fis revenir tous les domestiques qu'elle avait congédiés. J'étais farouchement déterminée à effacer toute trace de son passage à Hawdon et à remettre la propriété dans un état aussi proche que possible de celui dans lequel elle se trouvait lors de ma première venue ici. Et j'y parvins. Je fus aidée en cela par la loyauté des gens d'ici, qui revinrent en nombre, et par tous les amis et voisins qui rapportèrent au domaine les multiples objets qu'ils avaient retrouvés au fil du temps.

Mais il est une chose que je ne retrouvai jamais. La scène vénitienne revêtait pour moi une importance particulière étant donné que… mon mari s'y trouvait enfermé. Mon mari vivait dans ce tableau – il y vit toujours.

— Des années durant je poursuivis mes recherches, reprit la comtesse, jusqu'à ce qu'on le repère dans un catalogue de ventes aux enchères. J'envoyai alors quelqu'un sur place pour qu'il assiste à la vente et achète le tableau, quel qu'en soit le prix demandé. Mais, comme vous le savez, à la dernière minute les choses ne se passèrent pas comme prévu, le tableau vous fut adjugé et mon intermédiaire ne parvint pas à vous le racheter. C'était bien sûr votre droit le plus absolu de refuser de le lui vendre. Mais j'en fus fort contrariée, monsieur Parmitter. Contrariée et désemparée. Je tenais à ce tableau, mon tableau, et je n'ai cessé durant toutes ces années de vouloir le récupérer. Mais vous aviez disparu. Il nous fut impossible de retrouver l'acquéreur.

— Effectivement, dans ces années-là, expliquai-je, j'étais assez actif sur le marché de l'art et j'achetais et vendais sous divers pseudonymes – c'est monnaie courante dans ce milieu. Les commissaires-priseurs connaissent bien sûr la véritable identité des participants mais ils ne divulguent jamais ce type d'information.

— Vous vous faisiez alors passer pour un certain M. Thomas Joiner, et jamais nous ne parvînmes à retrouver cette personne. L'affaire en resta là. Bien sûr, je ne perdis pas espoir et des amis amateurs d'art continuaient de garder l'œil.

Mais mon tableau demeura tout aussi introuvable que ce M. Joiner.

— Jusqu'à ce que vous tombiez sur mon portrait dans un magazine.

— C'est exact. Je ne saurais vous décrire tous les sentiments qui m'assaillirent en y reconnaissant le tableau : l'impression qu'une boucle se bouclait et la certitude que mon mari allait enfin pouvoir, et de manière très littérale, rentrer chez lui, auprès de moi.

Une comparaison macabre me traversa l'esprit, me donnant à penser que pour la comtesse le fait de récupérer le tableau revenait à recevoir l'urne contenant les cendres de son mari. Quoi qu'il se fût passé, la présence de ce dernier dans le tableau était pour elle aussi réelle que si ses restes eussent été enfermés dans une urne cinéraire.

— J'ai eu grand plaisir à vous recevoir, reprit-elle. Il me semble que vous étiez en droit de connaître toute l'histoire, ainsi que de me rencontrer, et de découvrir cet endroit. J'aurais pu faire appel à quelque émissaire – en espérant qu'il eût été plus efficace que le précédent – mais telle n'était pas la manière dont je souhaitais mener cette importante question à sa conclusion.

— Conclusion ? demandai-je innocemment.

Je sentais en moi de la détermination, cette résolution absolue et implacable. Je ne me reconnaissais pas. Le Theo Parmitter que vous connaissez aurait très certainement revendu le tableau à la comtesse, et peut-être même le lui aurait-il cédé sans contrepartie. J'étais cependant comme possédé. Je n'étais plus celui que vous connaissez.

— Il me faut impérativement ce tableau. Votre prix sera le mien, monsieur Parmitter.

— Mais il n'est pas à vendre.

— Bien sûr que si. Il faudrait être fou pour refuser de vendre quand on est libre de fixer soi-même le prix. Vous avez été marchand d'art.

— Je ne le suis plus. La scène vénitienne et toutes les autres toiles que j'ai choisi de conserver constituent ma collection permanente. La valeur que je leur prête n'est pas d'ordre pécuniaire. Je vous le répète, ce tableau n'est pas à vendre. Je vous en fournirai cependant si vous le souhaitez une excellente copie photographique, et me ferai un plaisir de vous recevoir à Cambridge au moment de votre choix. Mais je ne le vendrai jamais.

Ses hautes pommettes étaient devenues deux points rouge vif et deux autres points brillants étaient apparus au centre de ses yeux d'un bleu perçant. Elle se tenait très droite sur sa chaise, le visage blanc de colère.

— Je n'ai pas dû bien me faire comprendre, me dit-elle. Il me faut ce tableau. Il me revient de droit.

— Je suis navré.

— Vous n'en avez aucune utilité. Il ne représente rien pour vous, si ce n'est une agréable décoration murale.

— C'est faux. Vous semblez oublier que je possède cette toile depuis de nombreuses années.

— Cela n'a aucune espèce d'importance.

— Pour moi, si.

S'ensuivit un long silence durant lequel elle me fixa sans sourciller. L'expression de son visage était terrifiante. Elle ne m'était certes pas apparue comme une personne chaleureuse, bien qu'elle m'eût confié ses souffrances auxquelles j'avais compati, mais il y avait maintenant dans son regard une telle détermination, une telle froideur impitoyable, que je pris peur.

— Si vous refusez de me laisser ce tableau, vous le regretterez toute votre vie. Et plus que vous ne pouvez l'imaginer.

— Oh, mais je laisse très peu de place aux regrets dans ma vie, madame.

Je m'efforçais de parler sur un ton enjoué qui affectait la bonne humeur, mais cette pose ne reflétait en rien mon état d'esprit.

— Il vaut mieux que le tableau reste ici. Il y sera inoffensif.

— Comment diable pourrait-il en être autrement ?

— Vous avez entendu mon récit.

Je me levai.

— Je suis au regret de vous annoncer qu'il me faut partir aujourd'hui, madame, et ce sans pouvoir accéder à votre requête. J'ai écouté votre singulière histoire avec beaucoup d'intérêt et je vous sais gré de votre hospitalité. Je vous souhaite de poursuivre votre existence dans ce lieu magnifique avec toute la quiétude que vous méritez après les souffrances que vous avez endurées.

— Tant que je n'aurai pas récupéré le tableau, je ne serai jamais en paix, et ne connaîtrai ni quiétude ni repos.

Au moment où je me dirigeais vers la porte, la comtesse ajouta calmement :

— Et vous non plus, monsieur Parmitter. Vous non plus.

7

— Vous devez vous sentir libéré maintenant que vous m'avez tout raconté, dis-je à Theo.

La tête penchée en arrière, il avait les yeux clos. Une fois son récit achevé, il avait fini son verre de whisky, puis l'avait reposé.

Il était tard. Je remarquai que mon professeur avait soudain l'air vieilli, mais lorsqu'il rouvrit les yeux et qu'il se tourna vers moi, je lus dans son regard quelque chose de nouveau, comme une expression de soulagement. Il paraissait apaisé.

— Merci, Oliver. Je vous suis très reconnaissant. Vous m'avez fait plus de bien que vous ne pouvez l'imaginer.

Je le quittai le cœur léger et fis quelques pas aux alentours du Collège. Mais ce soir-là tout était calme et silencieux, sans ombres ni chuchotements d'aucune sorte, sans bruits de pas ni silhouettes se dessinant à des fenêtres éclairées. Sans rien qui pût susciter de l'inquiétude.

Je trouvai le sommeil aisément et dormis d'une traite. Je me rappelle avoir espéré, peu avant de sombrer, qu'il en fût de même pour Theo. C'était plus que probable.

*

Je me réveillai avant l'aube alors que tout était encore plongé dans le silence et l'obscurité. La cloche de la chapelle sonna 3 heures au moment où j'ouvrais les yeux. J'étais en sueur et mon cœur battait à tout rompre. Je n'avais fait aucun cauchemar, aucun rêve particulier, et pourtant j'étais pris d'une peur atroce. Je me levai pour prendre un verre d'eau et me recouchai, mais je ressentis alors le besoin immédiat de descendre prendre des nouvelles de Theo. Cette injonction que me dictait mon for intérieur ne pouvait être ni ignorée ni écartée. Je me passai la tête sous l'eau froide et me frottai vigoureusement les yeux dans l'espoir de reprendre mes esprits et de penser de façon rationnelle. En vain. J'étais mort d'inquiétude pour Theo. L'histoire qu'il m'avait racontée était encore très présente dans mon esprit, et même si le fait de se confier à moi lui avait à l'évidence permis de se libérer d'un poids, j'avais la terrible intuition que tout n'était pas achevé, que d'autres événements étranges et funestes étaient encore à venir.

Impossible de trouver le repos. Je descendis l'escalier dans l'obscurité et me dirigeai vers le logement de Theo. Collant mon oreille à la porte, j'écoutai attentivement mais il n'y avait aucun bruit. J'attendis, ne sachant si je devais frapper. Mais il faisait un froid glacial et je ne portais qu'une fine robe de chambre. J'allais partir quand il me vint à l'esprit que Theo n'avait peut-être pas pour habitude de fermer sa porte à clé. À son âge, il ne pouvait pas aller bien loin, et le Collège prenait soin de lui. Mais je me demandais comment il pourrait obtenir de l'aide s'il tombait malade et ne parvenait pas à atteindre le téléphone.

Je décidai de tenter d'ouvrir. Au moment même où je posai la main sur la poignée, j'entendis venant de l'appartement un cri rauque à glacer le sang, suivi d'un grand fracas.

Je tournai la poignée et constatai que la serrure était déverrouillée. Une fois entré, j'allumai.

Theo reposait sur le dos dans l'entrée du salon, en pyjama. Le visage légèrement tourné sur la gauche, sa bouche donnait l'impression qu'il allait parler. Ses yeux grands ouverts semblaient me regarder, et il y avait dans ce regard une expression que je me rappellerai jusqu'à ma mort : c'était un mélange d'épouvante et de terreur, de surprise horrifiée et de stupeur, à la limite de l'insoutenable. Je m'agenouillai pour l'examiner. Il ne respirait plus, et son pouls était imperceptible. Il était mort. Je crus un instant que le bruit que j'avais entendu était celui de sa chute, mais qu'aperçus-je ensuite, qui reposait sur le sol à quelques mètres de là ? La scène vénitienne. Le fil d'attache, dont j'avais pu vérifier la veille la parfaite solidité, était intact, et le crochet encore en place dans le mur. Rien n'avait cédé ni ne s'était rompu, et Theo n'avait pu la percuter dans la mesure où il était tombé avant de l'atteindre.

Il y avait deux choses que je savais devoir faire. À l'évidence, il me fallait appeler la loge, réveiller le gardien et enclencher les formalités habituelles. Mais avant cela j'avais une autre tâche, que je redoutais tout en sachant la devoir à mon vieux maître : il fallait que j'en aie le cœur net. Je ramassai la toile et l'emportai dans le bureau, puis la posai sur l'étagère en braquant une lampe directement dessus.

Je retins mon souffle et me penchai sur le tableau, sachant ce que j'allais y trouver.

Mais j'avais tort. J'eus beau en scruter chaque centimètre carré, examiner chaque visage parmi la foule, sur les gondoles, aux fenêtres, dans les coins ou ruelles à peine visibles : il n'y avait aucune trace de Theo. Aucun visage qui lui ressemblât, même de loin. Je voyais bien le jeune homme que je pensais être le mari de la comtesse, ainsi que la silhouette au masque à plumes blanches dont je supposais qu'il s'agissait de Clarissa Vigo. Mais de Theo, juste ciel, je ne voyais aucune représentation. Selon toute vraisemblance, il s'était réveillé et, se sentant mal, s'était levé puis avait eu une attaque ou une crise cardiaque qui l'avait emporté. En s'effondrant, il avait dû faire trembler sol et murs – il était assez fort –, déstabilisant le tableau, qui s'était décroché.

À nouveau en sueur – mais cette fois sous l'effet du soulagement –, je décrochai le téléphone qui se trouvait sur son bureau et composai le numéro du gardien de nuit.

*

Les jours qui suivirent furent pour moi d'une grande tristesse ; Theo me manquait terriblement. La chapelle du Collège était bondée le jour de ses funérailles et l'oraison funèbre l'une des meilleures que j'aie jamais entendues. À l'issue de la cérémonie, tout le monde y alla de son anecdote affectueuse. J'étais toujours sous le choc et ne cessais de penser aux dernières heures que nous avions passées ensemble. De temps à autre, une pensée revenait me tourmenter : j'étais à peu près certain que la mort de Theo n'avait rien à voir avec l'histoire qu'il m'avait racontée, ni avec la scène vénitienne. Et pourtant je ne parvenais pas à effacer de ma mémoire son dernier regard, cette expression de terreur que j'avais lue dans ses yeux, et son bras tendu. La toile était tombée : même s'il y avait forcément une explication rationnelle à cela, je n'étais pas tranquille.

Je quittai Cambridge le cœur gros. Jamais plus je ne m'installerais avec lui dans ce salon, autour du feu et d'un bon whisky, pour écouter ses points de vue sensés sur tant de sujets, ses saillies pleines d'humour et ses commentaires parfois acides – mais jamais cruels – sur ses collègues. Mais ma tristesse et mes tourments ne dureraient pas : j'avais du travail qui m'attendait, mais, surtout, j'allais retrouver Anne.

J'avais annoncé à Théo dès les premières minutes de nos retrouvailles mon mariage imminent avec Anne Fernleigh – non pas spécialiste comme moi d'anglais médiéval mais avocate. Belle, brillante et drôle, ma cadette de quelques années, c'était l'épouse parfaite. Theo nous avait souhaité beaucoup de bonheur et m'avait demandé de ne pas tarder à me la présenter. Je m'y étais engagé. Mais c'était désormais impossible, et j'en étais très peiné. Bien sûr, on a toujours à cœur que deux personnes qui vous sont chères se rencontrent et qu'elles s'apprécient à leur tour.

Je l'avais bien entendu informée de la mort de Theo – qui expliquait mon séjour prolongé à Cambridge – et ce soir-là, après un délicieux dîner pris dans son appartement, je lui fis à mon tour le récit de l'histoire de la scène vénitienne et de la vieille comtesse.

Elle m'écouta attentivement et, quand j'eus fini, me fit un sourire en disant :

— Je suis peinée à l'idée de ne jamais rencontrer ton vieux professeur, car j'ai l'impression qu'il m'aurait plu, mais je ne peux pas en dire autant de ce tableau. Il a l'air horrible.

— Non, il est d'assez bonne facture, en vérité.

— Pas d'un point de vue artistique : je te fais confiance là-dessus. Je parlais de l'histoire. Toute cette histoire de…

Je la vis tressaillir.

— Ce n'est qu'un conte, certes bien tourné, mais rien de plus. Il ne faut pas que cela te tourmente.

— Theo, ça l'a bien tourmenté, lui.

— Pas tant que ça. Son récit lui a surtout fourni un bon prétexte pour passer un moment agréable autour du feu et d'un bon whisky. N'y pense plus. Il y a des sujets plus importants que je voudrais aborder avec toi. J'ai quelque chose à te demander.

Allez savoir pourquoi, depuis la mort brutale de Theo, je n'avais qu'une idée en tête : plutôt que de nous marier l'été suivant en prenant le temps d'organiser une fête digne de ce nom, il me semblait important que le mariage ait lieu le plus tôt possible.

— Je sais que cela veut dire un mariage en petit comité et sans le folklore de rigueur ; peut-être en seras-tu déçue. Mais je ne veux pas que nous tardions. La mort de Theo m'a fait comprendre qu'il fallait savoir saisir l'instant présent – et il était très solitaire, tu sais. Sans aucune autre famille que son Collège de Cambridge. Il ne s'en plaignait pas, bien sûr, mais il menait une vie solitaire, et un campus peuplé d'inconnus, quelle que soit leur bienveillance, ne remplacera jamais une femme et des enfants.

À ma grande surprise, Anne me répondit qu'elle ne voyait aucune objection au fait d'abandonner des préparatifs fastueux au profit d'un mariage plus simple, organisé dès que possible et auquel n'assisteraient que la famille et les amis proches.

— La question n'est pas l'argent dépensé ou tout le tralala : le mariage renvoie à des choses profondes et durables. Songe à cette pauvre comtesse, ou à l'autre folle. Nous avons beaucoup de chance. Ne l'oublions jamais.

J'étais du même avis. Du reste, je ne l'oubliai jamais. J'étais fou de joie, et j'avais dans l'idée que Theo aurait approuvé ce choix. Je sentais à nos côtés sa présence bienveillante pendant les préparatifs du mariage.

Je n'avais eu qu'une seule hésitation, lorsque Anne me suggéra que si pour des raisons professionnelles nous ne pouvions comme prévu partir pour notre lune de miel au Kenya, rien en revanche ne nous empêchait de prendre un long week-end. Elle me proposait de le passer à Venise.

— J'y suis allée une fois, à l'âge de quatorze ans, m'expliqua-t-elle. J'ai bien alors senti qu'il y avait quelque chose de magique, mais j'étais trop jeune pour savoir de quoi il retournait. Je crois qu'il faut un certain âge pour profiter de Venise.

— Dans ce cas, gardons cette destination pour un séjour plus long, proposai-je, et descendons dans le sud de la France.

— Non, il n'y fera pas encore assez chaud. Allez, Venise, s'il te plaît.

*

Je fis une croix sur mes pressentiments et pris les billets. Décidé à ne pas laisser des superstitions et des historiettes assombrir les premiers jours de notre mariage, je m'étais aussi rendu compte que j'avais hâte en fait de revoir cette ville. Venise est magique, à nulle autre pareille, dans le monde réel comme dans celui de l'imaginaire.

Me revint en mémoire la première fois où je l'avais visitée, dans ma jeunesse, au cours d'un voyage de plusieurs mois. Sortant de la gare ferroviaire, j'avais fait cette étonnante découverte : des rues qui étaient en fait de l'eau. Puis il y avait eu ma première sortie en vaporetto sur le Grand Canal. La première fois où j'avais aperçu San Giorgio Maggiore dans la brume, les pigeons qui s'envolent en nuées fantomatiques au-dessus de la place Saint-Marc, et toutes ces flèches dorées et étincelantes dans la lumière du soleil. Il y avait eu les balades de place en place au cours desquelles on n'entend que les bruits de pas sur la pierre, en l'absence de véhicules motorisés ; les heures passées dans les cafés de la très calme Giudecca ; les cris des marchands de poissons au petit matin ; l'arche prestigieuse du pont du Rialto ; le visage typé des autochtones aux caractéristiques ancestrales : nez proéminent, expression altière, blond vénitien.

Plus je pensais à la ville, plus je sentais mon cœur s'emballer à l'idée de la revoir, et qui plus est avec Anne. Venise occupait mes rêves et mes premières pensées au réveil. Je me surpris à rechercher des livres sur la cité – les romans d'Henry James et d'Edith Wharton, et d'autres encore qui en captaient si bien l'esprit. Je pensai bien une fois ou deux au tableau de Theo ainsi qu'à son étrange histoire, mais je n'éprouvais plus à leur égard qu'une simple curiosité, me demandant notamment où et quand ce conte avait pris sa source. J'avais l'intention, à notre retour, de faire quelques recherches sur Hawdon et la famille de la comtesse. Peut-être irions-nous même passer quelques jours dans le Yorkshire plus tard dans l'année. Le lieu réel où se déroule une histoire suscite toujours une certaine fascination.

Anne et moi nous mariâmes deux semaines plus tard, par un temps chaud et sous un soleil éclatant – forcément de bon augure. Le déjeuner de fête eut lieu en compagnie de nos familles respectives et de quelques amis – je regrettais l'absence de Theo –, et dès la fin d'après-midi nous étions en route pour notre lune de miel à Venise.

8

Pour m'occuper l'esprit en attendant, j'écris ce qui, je commence à le craindre, sera la fin de cette histoire. Ma douleur et mon angoisse sont telles que j'arrive à peine à tenir mon stylo. J'écris pour patienter durant ces heures effroyablement longues où tout espoir a disparu, et où je dois quand même continuer d'espérer car, une fois que l'espoir se sera éteint, il ne restera plus rien.

Je me trouve dans notre chambre d'hôtel. Les portes-fenêtres sont grandes ouvertes sur le balcon surplombant un quartier calme de la ville. Dans un des immeubles situés en face de l'hôtel, un homme vient d'entonner des airs de Puccini et de Mozart, en plein milieu de la nuit. Des chats protestent en miaulant. J'écris sans comprendre ce que j'écris ni pourquoi. On dit que les peurs – comme les cauchemars – sont exorcisées une fois couchées sur le papier. Écrire devrait me calmer pendant l'attente. Quand je m'interromps, c'est pour faire les cent pas dans la chambre, et je me réinstalle ensuite à cette petite table devant la fenêtre. Le téléphone se trouve à ma droite. À tout moment, désormais imminent, il sonnera pour m'annoncer la nouvelle que j'attends désespérément.

Comment décrire ce qui s'est passé ? Comment expliquer ce qui n'a aucune explication ? Autant essayer de transmettre la souffrance qui est la mienne.

Mais je dois essayer, il le faut. Si je laisse cette histoire inachevée je risque de devenir fou. Car c'est désormais devenu mon histoire – la mienne, et celle d'Anne ; nous avons fini par entrer dans cet horrible cauchemar, sans que je sache comment.

Nous étions dans la ville depuis moins de vingt-quatre heures quand Anne découvrit qu'il y avait, comme c'est si souvent le cas, une fête en l'honneur de l'un des innombrables saints de Venise. Avec procession, feux d'artifice, et danses sur les places.

J'avais accepté d'y aller tout en étant catégorique sur un point : s'il s'avérait qu'il y avait des gens costumés ou portant les masques traditionnels, nous ne nous joindrions pas aux festivités. J'avais beau ne pas croire à l'histoire de Theo, le récit qu'il m'en avait fait ainsi que les événements étranges à Cambridge, immédiatement suivis de sa mort, m'avaient inquiété et rendu superstitieux. De façon irrationnelle, j'avais le sentiment qu'il valait mieux ne pas tenter le diable.

Les premières heures de la fête furent extrêmement divertissantes. Les rues étaient noires de monde, la foule se massant pour rejoindre la procession ; les commerçants faisaient cuire pour l'occasion des gâteaux spéciaux dont les arômes embaumaient l'air. Il y avait à chaque coin de rue des tambours, des danseurs et des joueurs de flûtiau, et nombreux étaient les balcons ornés de drapeaux et guirlandes. J'essaie de me remémorer ces moments heureux et insouciants où j'arpentais la ville avec Anne, il y a seulement quelques heures.

La place Saint-Marc était bondée et la musique retentissait de toutes parts. Nous empruntâmes la Riva degli Schiavoni au rythme lent de la longue procession et, sur le chemin inverse, aperçûmes le départ du feu d'artifice que l'on tirait sur l'eau, éclairant le ciel et le canal dans des tons verts et bleus, puis rouges et or. Un déluge de scintillements, d'or et d'argent illumina le ciel ; des fusées jaillissaient dans les airs. C'était spectaculaire, et j'étais ravi d'être aux premières loges.

Nous longeâmes ensuite le canal, passant de ruelles en placettes avant d'arriver sur une allée bordée d'immeubles hauts qui débouchait sur le pont.

Il y avait foule sur la jetée. Devaient s'y trouver tous ceux qui avaient défilé, et nous étions bousculés par la cohue, tout le monde essayant de rejoindre le quai d'embarquement où les gondoles, amarrées en file indienne, s'apprêtaient à les conduire aux festivités se déroulant sur l'autre rive. Les feux d'artifice continuaient de fuser dans toutes les directions, suscitant à intervalles réguliers dans l'assistance des soupirs collectifs d'admiration. C'est alors que je remarquai dans la foule plusieurs personnes vêtues de costumes traditionnels du carnaval : la vieille femme, la diseuse de bonne aventure, le médecin, le montreur de singe, Pulcinello et la Faucheuse, ils s'étaient tous mêlés à nous, le visage dissimulé derrière des chapeaux à larges bords, des masques et du maquillage, qui ne laissaient voir que leurs yeux brillants. La panique me gagna. Je n'avais pas décidé d'être ici, et voulais partir sur-le-champ et retrouver notre place tranquille. Je me tournai vers Anne.

Mais elle n'était plus à mes côtés. Sans que je m'en rende compte, elle avait été séparée de moi par la foule. Je me frayai un chemin nerveusement, appelant son nom, puis me retournai pour voir si elle se trouvait derrière moi. Alors mon sang se glaça. Mon cœur semblait s'être arrêté. J'avais la bouche sèche, la langue comme paralysée. Impossible de prononcer un son.

J'avais aperçu, à quelques mètres de là, une silhouette féminine portant un masque de soie blanche pailletée surmonté d'un panache blanc. Croisant son regard, je vis ses yeux noirs immenses et pleins de haine.

Je me dirigeai non sans peine sur ma gauche pour regagner la ruelle et m'éloigner de l'eau. Je voulais partir loin des gondoles bercées par les vagues, loin des masques et des personnages costumés, loin du crépitement éblouissant des feux d'artifice qui n'arrêtaient pas de fuser pour ensuite retomber en cascade dans les eaux sombres. Je perdis la femme de vue et quand je me retournai, elle avait disparu.

Je courus, courus, encore et encore, appelant Anne, criant pour demander de l'aide, finissant par hurler en cherchant ma femme frénétiquement dans tous les coins et recoins de Venise.

De retour à l'hôtel, j'alertai la police. On me dit d'attendre un peu avant de donner son signalement. Les policiers m'expliquèrent que des touristes se perdaient chaque jour à Venise, notamment dans la foule, et que de nuit ils avaient peu de chance de la retrouver, mais qu'elle serait probablement revenue d'elle-même d'ici là.

Peut-être même des riverains s'étaient-ils occupés d'elle, pour peu qu'elle eût fait une chute ou fût tombée malade. Bref, ils tentèrent de me rassurer, puis ils partirent en me conseillant d'attendre ici son retour.

Mais je ne peux pas attendre.

Il faut que j'en finisse avec cette fichue histoire ; je dois ressortir. Je vais devenir fou si je ne la retrouve pas. Car j'ai vu cette femme, la femme au masque orné d'un panache blanc. Celle de l'histoire, assoiffée de vengeance. Je la crois maintenant. Car moi aussi j'ai vu. Je ne sais pas pourquoi elle en aurait après Anne, mais cette femme s'acharne à détruire le bonheur. Un tel désir de tourmenter autrui et de faire le mal, même la mort ne saurait l'arrêter.

Je ferai tout ce qui est nécessaire – et peut-être suis-je la seule personne à pouvoir le faire – pour mettre fin à tout ça.

9

C'est à moi, Anne, qu'il revient d'achever cette histoire. Y aura-t-il une fin ? Oh, mais il le faut, c'est impératif. Cette force maléfique ne peut pas conserver son pouvoir éternellement, n'est-ce pas ?

Dans la foule pressée le long du quai d'embarquement, je m'étais d'abord sentie bousculée par plusieurs individus qui cherchaient à passer devant les autres – en fait, j'avais eu peur pour une enfant qui se tenait tout près du bord de l'eau, et j'avais tiré la fillette en arrière pour l'empêcher de tomber. Alors que je perdais l'équilibre, j'avais senti une main sur mon bras qui m'aida à me redresser. Mais, plus déroutant, cette main m'agrippa si fort qu'elle me fit mal et que je dus me contorsionner pour m'en dégager. J'eus le temps d'apercevoir un visage dont le regard était si mauvais que je frémis, puis une main tendue vers moi. Je fus ensuite happée par la foule qui tentait d'aller dans la direction opposée, refluant du canal, et je me laissai emporter dans l'étroite allée bordée de hauts immeubles avant de me retrouver sur un pont qui enjambait l'un des canaux adjacents.

La procession se reforma, un groupe de musiciens se mit à jouer, et tout le monde repartit de plus belle au rythme de la musique jusqu'au Rialto, et plus loin encore. Entraînée par le mouvement, je riais et frappais dans mes mains, me retournant de temps à autre pour admirer les feux d'artifice qui n'arrêtaient pas de jaillir dans la nuit. Grisée par la fête, je m'amusais comme une folle. Sans avoir la moindre idée d'où nous allions, j'étais convaincue que je réussirais vite à me séparer du groupe pour faire demi-tour.

Mais, pour une raison ou une autre, ce ne fut pas le cas, et nous continuâmes notre route au son de l'orchestre accompagné des enfants qui tapaient sur des tambourins, parcourant les rues, passant de ponts en places. La Venise que je connaissais était loin derrière moi. Soudain, trébuchant sur un pavé inégal, je chutai en tombant de tout mon poids sur mon bras. J'entendis un craquement, et la douleur qui suivit immédiatement me fit pousser un cri. Quelqu'un s'arrêta. Une autre personne appela au secours. Des visages se penchèrent sur moi. On m'entoura, vint à mon aide, et tout ce petit monde se mit à jacasser en italien à toute allure si bien que je ne compris pas un traître mot. Je fus alors prise d'une violente nausée et le ciel se mit à danser au-dessus de ma tête avant de se précipiter sur moi.

Il n'y a pas grand-chose de plus à ajouter. Je fus emmenée dans une maison voisine, où l'on fit venir un médecin. Selon ce dernier, je ne m'étais pas cassé le bras, mais il était couvert d'ecchymoses ; je m'étais en outre ouvert la main. Les gens s'occupèrent très gentiment de moi. Après m'avoir apposé un bandage, on m'administra un analgésique ainsi qu'une piqûre destinée à prévenir toute infection. Il était maintenant 2 heures, et je notai mon nom et les coordonnées de l'hôtel à l'intention d'une des personnes qui m'avaient recueillie. Mais j'avais à nouveau des nausées et le médecin insista pour que je reste allongée et que je dorme pendant qu'ils s'occuperaient du reste. On viendrait me chercher le lendemain matin.

Je trouvai le sommeil facilement. La douleur que j'avais au bras et à la main ne me réveilla pas avant plusieurs heures et, me sentant alors beaucoup mieux, j'eus tout loisir de prendre un bon café serré accompagné d'un petit pain beurré.

Je ris encore au souvenir de ce qui suivit. Après tout, quand aurai-je à nouveau l'occasion de rire ?

Je finis par accepter de m'installer dans le fauteuil roulant appartenant à la grand-mère de la famille, et je fus transbahutée dans les rues de Venise sous le soleil matinal, mon bras bandé reposant fièrement sur mes genoux. Direction l'hôtel, où j'allais retrouver mon mari.

Sauf qu'Oliver ne s'y trouvait pas. On me dit qu'il était reparti à ma recherche : le portier de nuit l'avait vu sortir au petit matin, l'air visiblement bouleversé. Au début, personne ne signala l'avoir vu. Mais plus tard dans la journée, les policiers, qui avaient arrêté de me rechercher pour se mettre en quête de mon mari – non sans irritation envers ces touristes casse-cou –, m'informèrent qu'un gondolier, à pied d'œuvre aux aurores pour nettoyer son embarcation, avait affirmé avoir vu un homme répondant à la description d'Oliver. Il marchait encadré par deux hommes qui le maintenaient par le bras et qui semblaient l'obliger à monter contre son gré à bord d'une autre gondole, amarrée un peu plus loin sur la jetée. J'écartai cette hypothèse, invoquant le fait qu'il ne pouvait s'agir d'Oliver, qui se trouvait seul.

Les policiers accordaient plus de crédit à ce témoignage, mais ils ne comprenaient pas pourquoi Oliver, si c'était bien lui, aurait été emmené de force. Il n'avait pas l'air riche, notre hôtel n'était pas des plus luxueux, son portefeuille était resté dans notre chambre et il avait toujours à son poignet une simple montre en acier sans grande valeur.

Enlèvement, demande de rançon, mafia : je ne croyais à aucune de ces trois théories. Elles semblaient pourtant obnubiler les policiers italiens, mais je savais qu'ils n'y étaient pas du tout.

Je le savais, et c'est toujours le cas.

Je lus le récit que m'avait laissé Oliver. Puis je le relus deux fois dans son intégralité, lentement, et en faisant attention aux moindres détails. Je le passai au peigne fin, si je puis dire, à la recherche d'un message, d'une explication.

Je suis revenue à Londres, seule.

C'était il y a deux semaines. Depuis, rien de concret, aucune nouvelle d'Oliver. Dans les premiers jours, j'ai reçu un appel téléphonique de la police de Venise. L'inspecteur parlait un anglais approximatif.

— *Signora*, m'avait-il dit, nous avons revu notre position. L'homme que le *gondoliere* a vu avec les deux autres… nous pensons qu'il est pas probable c'est votre mari, finalement. Notre théorie est maintenant : lui glisser et tomber dans le Grand Canal. Il faisait nuit ; le sol est souvent mouillé là-bas.

— Mais vous auriez retrouvé son corps !

— Pas encore, pas encore trouvé, c'est vrai. Mais c'est sûr, un jour ou l'autre, son corps remontera à la surface. Alors on vous appellera tout de suite.

— Il faudra que je vienne l'identifier ?

— *Si.* Je suis vraiment désolé, mais oui, c'est nécessaire.

Je l'ai remercié, puis j'ai éclaté en sanglots. Secouée par les spasmes, j'ai pleuré toutes les larmes de mon corps. Le corps d'un noyé étant vite considérablement altéré, je redoutais d'avoir à retourner à Venise le moment venu pour voir le cadavre d'Oliver.

J'ai pris la décision de reprendre le travail, au moins au cabinet. Ça m'occupe l'esprit d'avoir à passer de longues heures sur d'arides et complexes documents juridiques. Dès que mes pensées me ramènent à Venise, aux eaux glauques du Grand Canal ou à la finalité de mon prochain voyage là-bas, je sors marcher des kilomètres dans Londres pour tenter de m'épuiser.

Il y a deux jours, je suis rentrée chez moi à pied de Lincoln's Inn. Mon bras étant toujours un peu douloureux, j'envisageais de prendre un puissant analgésique pour pouvoir m'endormir. Ayant pris soin de mettre en place un transfert d'appels vers mon bureau – ou vers mon portable quand je suis absente –, j'étais certaine de ne pas avoir manqué d'appel de la part de la police.

Quand j'étais arrivée à mon immeuble, le gardien de la résidence m'avait dit avoir reçu un colis pour moi, qu'il avait monté et déposé devant ma porte. N'attendant rien de spécial, j'ai remarqué avec une certaine appréhension que l'adresse était libellée au nom d'Oliver. Il y avait une enveloppe collée au paquet, et le tout avait été livré par coursier.

J'ai pris le colis et je suis entrée dans mon appartement. Un soleil radieux inondait le séjour, dont j'ai ouvert l'une des fenêtres. Perché sur le platane situé juste en face, un merle chantait à tue-tête. Après avoir enlevé mon manteau, j'ai jeté un coup d'œil au reste du courrier, qui ne contenait rien d'important. Il n'y avait rien de plus à l'attention d'Oliver.

J'ai donc détaché l'enveloppe du paquet pour l'ouvrir. Je n'imaginais plus qu'Oliver puisse jamais le faire lui-même. Oliver était mort. Noyé. Je pourrais d'ici peu le vérifier de mes propres yeux.

Le courrier provenait d'une étude notariale de Cambridge et contenait un chèque de mille livres, légué à Oliver par son vieux maître, Theo, « pour qu'il puisse s'offrir un présent ». J'ai dû sécher mes larmes pour pouvoir continuer de lire et ainsi apprendre que la lettre accompagnait un objet que M. Parmitter avait également cédé à Oliver par disposition testamentaire.

C'est étrange : en déchirant le papier kraft, je n'avais absolument pas la moindre idée de ce qu'il pouvait contenir. J'aurais bien sûr dû le deviner, c'est évident. J'aurais dû prendre le paquet sans l'ouvrir et descendre le brûler à l'incinérateur, ou alors prendre un couteau et le mettre en lambeaux.

Au lieu de cela, j'ai tout simplement défait jusqu'au dernier papier d'emballage pour finir par poser les yeux sur la scène vénitienne.

Ce faisant, mon cœur s'est serré et mes doigts se sont crispés, car ce que je sentais n'était ni plus ni moins qu'une très légère odeur de peinture fraîche.

Je me suis alors mise à chercher frénétiquement mon mari.

Je n'ai pas eu de mal à le trouver. Derrière la foule parée de masques, capes et tricornes, derrière le canal illuminé, les gondoles amarrées, et les torches enflammées, j'ai reconnu la ruelle sombre, et j'ai vu le dos de deux individus trapus et larges d'épaules, enveloppés dans leurs capes noires, qui maintenaient fermement un autre homme en l'agrippant par le bras. Ce dernier tournait la tête pour regarder en arrière, hors champ, pour me fixer, et il y avait dans son regard un mélange de terreur et d'épouvante. Ses yeux me suppliaient, ils m'imploraient de venir le chercher pour le ramener. Et ainsi le sauver.

Mais c'était trop tard. Il était comme les autres. Il était devenu un personnage de la toile. Il m'a fallu un peu plus de temps pour trouver la femme, car l'image était minuscule, presque invisible dans un des coins, imperceptible chatoiement de soie blanche, infime éclat de paillettes, suggestion de plumeau blanc. Mais elle était bien là, bras tendu, doigt pointé en direction d'Oliver. Quant à ses yeux, comme ceux de mon mari, ils étaient tournés vers moi et me fixaient avec une ignoble expression de triomphe.

Je me suis effondrée dans un fauteuil avant que mes jambes ne me trahissent. Je n'avais alors plus qu'un seul espoir. Qu'en prenant Oliver, comme elle avait pris les autres, elle avait, mon Dieu, à n'en pas douter, satisfait son désir de vengeance. Qui d'autre pouvait-il y avoir sur la liste ? Que pouvait-elle faire de plus ? N'en avait-elle pas déjà fait assez ?

Je ne sais pas. Ni ne saurai jamais – même s'il ne faut jamais dire « jamais ». Je continuerai donc de vivre avec cette crainte, cette inquiétude, durant toutes les années à venir, le temps que grandisse l'enfant dont j'ai appris que j'étais enceinte. Tout ce que je peux faire aujourd'hui, c'est prier, et ma prière est toujours la même – absurde et vaine, bien sûr, puisque les dés sont déjà jetés.

Je prie pour que l'enfant à naître ne soit pas un garçon.

DU MÊME AUTEUR
AUX ÉDITIONS ARCHIPOCHE

LA MAIN DE LA NUIT

« Je me trouvai dans le jardin faiblement éclairé d'une lueur verdâtre. Les oiseaux s'étaient tus. C'est alors que je sentis une petite main se glisser dans la mienne, comme si un enfant s'était matérialisé à côté de moi dans l'obscurité… »

Adam Snow, un marchand de livres anciens perdu dans la campagne anglaise, arrive dans le parc d'un manoir à l'abandon. Par curiosité, il se dirige vers la porte d'entrée, lorsqu'il ressent une présence mystérieuse.

La petite main invisible qui a saisi la sienne va désormais le hanter. D'autant qu'elle semble lui vouloir du mal… Un conte fantastique d'une intensité rare.

« Subtil, élégant…
Un coup de maître ! »
The Times

ISBN 978-2-35287-815-5 / H 20-5669-5 / 192 pages / 6,65 €

Découvrez le début de

LA MAIN DE LA NUIT

1

Il était presque 21 heures, le soleil se profilait à travers un banc de nuages violets et je m'étais perdu. J'ai enclenché la marche arrière pour sortir d'une allée, puis j'ai roulé pendant un kilomètre jusqu'au poteau indicateur.

Je venais de passer vingt-quatre heures avec un client près de la côte et reprenais la direction de Londres. Mais, à l'évidence, quitter la route principale pour couper à travers la campagne se révélait une mauvaise idée.

La route sinuait à travers les Downs, entre de pâles collines, puis se faisait rectiligne, bordée d'arbres, jusqu'au carrefour. Les inscriptions sur le poteau étaient effacées et, en l'absence de tout écriteau plus récent, je faillis dépasser le chemin qui s'ouvrait sur la droite. C'était une simple voie serrée entre de hautes levées de terre dans lesquelles, telles de vieilles dents, les racines des arbres s'enfonçaient profondément. Je pensais qu'elle finirait par me ramener sur la route A.

La voie se rétrécit. Dans le rétroviseur, je vis le soleil jeter ses derniers feux. Soudain, après un brusque virage, je débouchai sur un sentier assombri par une voûte de branches.

Je ralentis. Ce chemin menait-il à une maison ? Quelqu'un pourrait-il me donner la bonne direction ?

Je sortis. Une vieille pancarte en bois couverte de mousse indiquait LA MAISON BLANCHE. En dessous, une planche qui ne tenait plus que par un clou portait une inscription grossièrement peinte que je parvins à déchiffrer : JARDIN FERMÉ.

Une maison reste une maison, après tout. J'allais forcément y trouver du monde. J'engageai prudemment la voiture le long du sentier. De part et d'autre, la terre montait de plus en plus haut, et les arbres prenaient des proportions gigantesques.

Bientôt, les arbres laissèrent place à une vaste clairière et je m'aperçus qu'il faisait encore jour ; le ciel avait à présent une teinte bleu argent.

La route était sans issue. Devant moi se dressait un portail en bois duquel émergeaient de volumineuses haies de ronces et de mûres.

Un seul bruit m'environnait désormais : le pépiement apaisé des oiseaux. Une grive perchée dans un noisetier lançait sa mélodie aiguë, des merles piaillaient en filant dans le sous-bois… Je sortis de la voiture et, tandis que je me tenais là, les chants s'étiolèrent, laissant peu à peu la place à un silence extraordinaire, une quiétude étrange dans laquelle j'avais l'impression d'être entré par effraction, comme un intrus, un importun.

J'aurais dû faire demi-tour. J'aurais dû rebrousser chemin jusqu'au poteau indicateur et tenter de retrouver la route principale. Mais je n'en fis rien. Quelque chose me poussait à franchir le portail et à m'engager parmi les broussailles.

Je marchai avec précaution, m'efforçant pour je ne sais quelle raison de faire le moins de bruit possible quand j'écartais les branches basses et les ronces. Le portail se bloqua, entrouvert, penchant sur ses gonds de sorte que je ne pus le pousser davantage. Je me glissai tant bien que mal par l'ouverture.

Partout entre les hêtres, des broussailles, des buissons de rhododendrons, des haies de ronces. Le chemin était recouvert d'herbe et de mousse, mais des pierres, çà et là, se faisaient sentir sous les pieds.

Au bout d'une centaine de mètres, je parvins devant une cabane délabrée qui ressemblait à un vieux kiosque à billets. Le volet était baissé. Le toit n'était plus qu'une charpente de bois pourri. Un lapin à la queue d'un blanc éclatant détala dans la pénombre des buissons.

Je continuai à avancer. Le chemin s'élargit et obliqua vers la droite. La maison apparut enfin.

C'était un bâtiment imposant, de style edwardien, tout en longueur avec une grande véranda. Une volée de marches basses menait à la porte d'entrée. Je me trouvais au centre de ce qui avait dû jadis être une vaste cour soigneusement entretenue – on distinguait encore de petites étendues gravillonnées entre le chiendent et les touffes d'herbe. À droite de la demeure, une grille en fer forgée était sertie dans un passage voûté à moitié occulté par un rosier églantier. Je regardai tout autour de moi. La voiture produisait un bruit cliquetant à mesure que le moteur refroidissait.

J'aurais dû repartir. Je devais à tout prix rallier Londres et j'étais perdu. À l'évidence, cette bâtisse était inhabitée et probablement à l'abandon. Je n'y trouverais personne pour m'indiquer le bon chemin.

Je montai jusqu'à la grille et jetai un coup d'œil à travers. Je ne vis rien d'autre qu'un fouillis d'arbustes, de buissons, de troncs penchés, et l'esquisse d'un autre chemin disparaissant dans la verdure assombrie.

Je touchai la froide poignée en acier. La soulevai. Poussai. La grille était coincée. J'y calai une épaule et poussai à nouveau : il y eut un faible mouvement et des fragments de rouille tombèrent des gonds. Un nouveau coup, plus marqué, et la grille s'ouvrit lentement, raclant contre le sol en grinçant. Je me faufilai par l'entrebâillement et entrai. Je me trouvais à présent dans un grand jardin en friche, vide et abandonné. Des marches latérales menaient à une terrasse et à la maison proprement dite.

Laissé à l'air libre, aux caprices du climat, au vent, au soleil, aux lapins et aux oiseaux, le bâtiment avait doucement, tristement périclité, les pierres s'étaient fissurées, les chemins s'étaient estompés avant de disparaître, les vitres avaient fini par laisser entrer la pluie et les volatiles qui nichaient dans la toiture. Peu à peu, la maison s'effondrerait sur elle-même. Quel âge avait-elle ? Cent ans ? Dans un siècle, il n'en resterait plus rien.

Je me retournai. Mes yeux peinaient à percer l'obscurité, à présent. J'ignore à quoi avait pu ressembler ce jardin, aujourd'hui « fermé », mais la nature en avait repris possession. Elle l'avait recouvert sous des nappes de lierre et un réseau serré de plantes grimpantes, étouffé sous les herbes folles, et en avait aspiré toute la lumière et tout l'air de sorte que seuls les végétaux les plus robustes pouvaient y croître, l'envahir et l'occuper.

J'aurais dû partir.

Mais je voulais en savoir plus. Je voulais en voir plus. Pour une raison que je ne m'expliquais pas, je voulais revenir dans ce lieu en plein jour, tout voir, découvrir ce qui était occulté, révéler ce qui était caché. Découvrir *pourquoi*.

J'aurais pu ne pas y retourner. Selon toute probabilité, lorsque j'aurais retrouvé la route principale – puisque je la retrouverais fatalement –, puis Londres et le confort de mon appartement, la Maison Blanche et ce que j'y avais découvert dans la pénombre de cette fin de journée seraient passés à l'arrière-plan de mes préoccupations, avant de sombrer dans l'oubli.

Mais soudain, tandis que je me laissais envahir par l'immobilité croissante et le doux crépuscule printanier, un étrange phénomène se produisit. Je me moque bien d'être cru ou pas. Peu importe. Je le sais, c'est tout. Aussi sûrement que je sais qu'hier matin il a plu sur le rebord intérieur de la fenêtre de ma chambre car je l'avais laissée entrouverte; aussi sûrement que je sais que j'ai subi une obturation canalaire jeudi dernier et qu'en me réveillant dans la nuit la douleur était atroce. Je sais que cette chose est advenue comme je sais que je bois du café noir au petit-déjeuner.

Je le sais car, quand je ferme les yeux, je sens cette chose se reproduire, tant le souvenir en est marquant. Et c'est un souvenir physique, éprouvé par mon corps – pas seulement par mon esprit.

Je me trouvais dans le jardin faiblement éclairé d'une lueur verdâtre et, au-dessus de moi, un copeau de lune argenté berçait l'étoile du Berger. Les oiseaux s'étaient tus. Aucune vibration ne troublait plus l'atmosphère.

C'est alors que je sentis une petite main se glisser dans ma main droite, comme si un enfant s'était matérialisé à côté de moi dans l'obscurité pour s'en saisir. Elle était fraîche et ses doigts se replièrent avec confiance dans ma paume. Puis le petit pouce et l'index se serrèrent autour de mon pouce. Par réflexe, je repliai à mon tour mes doigts dans les siens et nous restâmes ainsi pendant un moment hors du temps, ma main d'homme serrant la toute petite main aussi intimement qu'un père tenant son enfant. Mais je ne suis pas père, et l'enfant était invisible.

2

J'arrivai finalement à Londres après minuit. Malgré ma fatigue, je ne me mis pas au lit avant d'avoir consulté quelques cartes routières et tenté de retrouver la route que j'avais prise par erreur ou le chemin menant à la maison abandonnée et au jardin. Tout ce que je venais de vivre était encore si clair dans ma mémoire… Mais, faute d'avoir des cartes suffisamment détaillées, mes recherches tournèrent court. Pour localiser une maison en particulier, il m'aurait fallu un plan du cadastre à grande échelle.

Je m'éveillai peu avant le lever du soleil et, tandis que j'émergeais d'un sommeil sans rêve, je me rappelai la sensation de la petite main saisissant la mienne. Mais ce n'était qu'un souvenir : la main n'était plus là comme elle l'avait été – j'en étais à présent certain – dans cet étrange jardin au crépuscule. C'était là toute la différence, et je l'éprouvais chaque fois que je rêvais de cette scène, comme cela se produisit souvent dans les semaines qui suivirent.

Je suis expert en livres rares et en manuscrits. Pour faire court : je recherche certains volumes bien particuliers à la demande de mes clients, que ce soit dans les salles de vente, par des transactions privées ou en consultant d'autres confrères. Il m'arrive aussi d'acheter dans un but spéculatif, en pensant à un client précis. Je n'ai pas de boutique en tant que telle, je travaille chez moi. Les livres que j'achète, je les garde rarement très longtemps et je n'en ai jamais de grandes quantités à vendre, car je suis spécialisé en bibliophilie et négocie des volumes qui valent plusieurs milliers de livres sterling. J'en collectionne par ailleurs, de façon bien plus modeste et quelque peu anarchique, par pur plaisir et intérêt. Mon appartement de Chelsea en est rempli et, à chaque nouvel an, je prends toujours la résolution de réduire leur nombre par deux – résolution qui, chaque année, se révèle intenable. Si je réussis à donner ou vendre dix livres de ma collection, j'en achète aussitôt vingt autres…

Dans la semaine qui suivit ma découverte de la Maison Blanche, je partis pour New York et pour Los Angeles. Puis ce fut Berlin et Toronto avant de revenir à New York. Je devais satisfaire plusieurs commandes importantes et ce travail me monopolisait entièrement. Pourtant, au beau milieu d'une salle de vente bondée ou avec un client, en avion ou dans un hôtel à l'étranger, mon esprit avait beau être entièrement tourné vers mon travail, une infime part de moi-même se rappelait toujours, avec vivacité, la petite main. Ce souvenir était comme une pièce où je pouvais me retirer pour passer un moment dans la journée. Tout cela ne m'inquiétait pas, ne me gênait pas. Au contraire, je trouvais cela curieusement réconfortant.

Je savais que, sitôt terminée cette période de voyages et de travail, je retournerais voir la maison afin de comprendre ce qui m'était arrivé et, si possible, de l'explorer pour en apprendre davantage à son sujet – qui y avait vécu, pourquoi elle était vide. Qui sait ? Peut-être même qu'une fois dans le jardin, immobile, je sentirais une petite main chercher la mienne.

Il y eut un épisode troublant, un jour, lorsque j'achetai un journal dans un kiosque d'aéroport. Il y avait beaucoup de monde et j'étais dans la file d'attente lorsque quelqu'un me bouscula si violemment que je perdis l'équilibre. Tandis que je me relevais, je sentis une main d'enfant serrer la mienne. Quand je baissai le regard, je vis qu'il s'agissait d'une main réelle appartenant à un petit garçon réel qui, pris de panique après avoir lui aussi été bousculé par le même voyageur pressé, s'était agrippé à moi. Quelques secondes avaient suffi pour qu'il s'éloigne et rejoigne sa mère. D'une certaine façon, la sensation de sa main dans la mienne avait été identique à celle que j'avais éprouvée avec l'autre enfant, mais elle était également différente : sa peau était chaude plutôt que fraîche, poisseuse et non soyeuse. Je ne me rappelais pas quand un enfant m'avait donné la main pour la dernière fois, mais cela devait remonter à plusieurs années. Et, pourtant, j'étais capable de clairement faire la différence entre ces deux sensations.

Le cycle des voyages ne s'interrompit pas avant la mi-juin. En quelques semaines, mon travail avait été très fructueux : j'avais notamment trouvé pour un client du Sussex deux livres rares publiés par les Kelmscott Press, ainsi que plusieurs premières éditions de romans de Virginia Woolf comme neufs sous leur jaquette. J'étais très excité par ces trouvailles et impatient de m'en délester pour les lui remettre. Je suis bien assuré, mais aucune somme n'aurait pu compenser la perte de tels trésors.

Je jugeai donc plus sage de me rendre chez lui en voiture.

Avec une arrière-pensée : je me laisserais du temps pour partir à la recherche de la Maison Blanche.

(à suivre...)

Cet ouvrage a été composé
par Atlant' Communication
au Bernard (Vendée)

Impression réalisée par

CPI
BRODARD & TAUPIN

La Flèche
en septembre 2015

pour le compte des Éditions de l'Archipel
département éditorial
de la S.A.S. Écriture-Communication.

Imprimé en France
N° d'impression : 3012635
Dépôt légal : octobre 2015